家族のようなあなたへ

橋田壽賀子さんと歩んだ60年

石井ふく子

世界文化社

はじめに

二〇二一(令和三)年四月四日、テレビドラマや舞台を、私とともに作り続けてきた橋田壽賀子《はしだすがこ》さんが、急性リンパ腫のため亡くなりました。彼女の死に際して、私は次のコメントをメディアに発表しました。

「橋田さんとは六〇年のお付き合いです。年中喧嘩したり、相談したり、家族のように付き合ってきました。私が一日電話しないと『どうしたの?』と心配されることもありました。思い出がありすぎて何も言えません。こんなに急だなんて悔しくて、なんと言っていいかわかりません。『あなた一人でどこに行ったのよ』という思いでいっぱいです。橋田さんは現在のコロナ禍の状況を見て、そこで感じた家族の形を書きたいとおっしゃっていました。同時に『私はいつも一人だと思っていたけれど、あなたたちがそばにいてくれたのね』とおっしゃって。私は『今更、なにを言ってるのよ』と返しましたけれど。お互いに元気でいようねって話していたところでした。今、私の隣に笑って私を見ている遺影があります。まだ、橋田さんがこの世からいなくなったなんて考えられません」

初めてコンビを組んで以来、ずっと「家族」をテーマに、ドラマそして舞台を作り続けてきた私たち。重ねた歳月の中で、赤の他人だった私と彼女は心を通わせ、いつしか、お互いが家族のような存在になりました。自分は「ひとりじゃない」と思うことができれば、心丈夫で生きていくことができます。私たちがともに過ごした六〇年が、家族そして人間をもう一度考えるきっかけになれば、うれしく思います。

石井ふく子

目次

©TBS『愛と死をみつめて』

写真提供／石井ふく子（本書中、すべて）

©TBS『おんなの家』

©TBS『橋づくし』

2週連続
2月

橋田壽賀子さんが
口にした
最初で最後の言葉

プロローグ

私を「妹」と呼んだあの時

その時のことを思い出すと、いまだに悲しさで胸が苦しくなり、言葉が出てこなくなります。

二〇二一（令和三）年四月四日の朝、「容体が悪い」という連絡を受けた私は、取るものも取りあえず、通い慣れた熱海へと向かいました。

一報を受けた時に、思わず口をついて出てきたのは、

「どうしたのよ！　なんでよ！」

という怒りの感情でした。怒ったってしょうがないのですが、何て言っていいのかわからなくて。

正直なところ、その時のことをあまり思い出すことができません。

車窓を流れていく景色も自分の目には映らない、何も考えられない、考えたくない……。茫然自失という言葉だけが、その時の私を表してくれるのかもしれません。胸が張り裂けそうな思いを抱えて、車を急がせたのです。

残念ながら、私は彼女の臨終に間に合いませんでした。

橋田さんの死を受け入れたくない

本人の遺志により、通夜や告別式は執り行われず、翌日には荼毘《だび》に付されました。

お葬式というものは、故人のためというより残された人々のためにあるのでしょう。悼《いた》む時間を持ったり儀式を執り行うことで、亡くなったことを認識する、心に刻むものなのかもしれません。

橋田さんは忽然《こつぜん》と消えていなくなった……。昨日まで聞いていた声を突然聞くことができなくなったかのような思いがして、いまだに彼女が亡くなったことを私は現実のものと認識できずにいます。受け入れたくない自分がいるのです。

橋田さんは二〇二一(令和三)年の二月下旬から都内の病院に入院し、三月中旬には熱海市内の病院へ転院していました。その間も私たちは九月の「敬老の日」に放送が予定されていた『渡る世間は鬼ばかり』のスペシャル番組の構想などを話し合っていました。

いろんな脚本家と付き合ってきましたが、橋田さんは原稿を締め切りより早くあげる、いわば〝プロデューサーを追い立てる〟書き手でした。もちろん、それは彼女の仕事に対する責任感からくるものですが、それだけではなく、彼女特有の長ゼリフと格闘する俳優に対する優しさでもあります。そして、美術などかかわる多くのスタッフに対する心配りでもありました。そして、すべてを統括する私に対する思いやりでもあったのです。

そんな彼女が、原稿をあげられずにいました。それほどまでに、体調が芳《かんば》しくなかったのです。

原稿できていなくて……ごめんね

入院している橋田さんに電話をかけた時のことです。

「あんただったら絶対やってくれる。頼むね！」

と励ますと、

「完成できなくて、ごめんなさい」

いつになく弱々しい、申し訳なさそうな口調で彼女が言いました。

「完成できなくてって……そういう言い方しないでよ！」

私は思わず、きつい物言いになってしまいました。

橋田さんが亡くなるとは、微塵《みじん》たりとも私は思っていませんでしたから、

「そんな言い方、いや！」

と怒ったのを、今でも思い出します。すると、ばつが悪そうに、

「本当は、もう脚本を渡してあげなきゃいけない時期に原稿できていなくて……ごめんね」

と言うので、

「謝ることないわよ、書けばいいんだから」

と、重ねて励ましたことを覚えています。

どうしようもなく体調が悪かったから、「書けないな」という気持ちが橋田さんにはあったのでしょうね。

思えば何年か前にも、橋田さんはクルーズ船で旅をしている途中で体調が悪くなったことがありました。船旅を続けるのが難しいほどの不調でしたので、飛行機を出させて彼女を羽田へ戻し、救急車で運んで入院させたことがあります。そんなことが以前にもあったので、橋田さんの体調は気がかりではありました。「具合は必ずよくなる」と、私は本気でそう思っていましたが、もしかしたらそう信じたかったのかもしれません。けれども、願いもむなしく橋田さんは逝《い》ってしまいました。残念でなりません。

いつしか、家族のような関係に

六〇年前に出会い、一九六四(昭和三九)年の東芝日曜劇場『袋を渡せば』で初めてコンビを組んでから、二人で重ねてきた月日を思い起こすと、本当にさまざまなことがありました。

東京下谷《したや》の下町育ちの私と、現在のソウル生まれで大阪育ちの橋田さんとでは、気質が全く異なります。年中喧嘩をしていました。私も言いたいことを激しく言いましたが、彼女もすごい剣幕で言いつのってきます。でも、どちらからともなく「ごめんなさい」のひと言が出て、何事もなかったかのように、矛《ほこ》を収めているというのがいつものことでした。

お互いカラッとした性格ですので、喧嘩が後を引くようなことはありません。

おそらく、根っこの部分で私と橋田さんとは、つながっていたのだろうと思います。心が響き合っていたのでしょう。昨今、実の家族でも同じ方向を向くのは案外難しいものですが、赤の他人の私たちが心を通わすことができたのは、ともに過ごす時間の中で、自分の思っていることを率直にぶつけ合い、お互いを認め合い、信頼関係を築くことができたからだと思います。

いつしか、私たちは家族のような関係になっていったのです。

電話を心待ちにしてくれていた橋田さん

熱海と都心、住まいこそ離れていましたが、現実の距離ほどの隔たりを感じたことは一度もありません。なぜなら、私たちは毎日連絡を取り合っていましたから。目の前にいなくてもいつもそばにいる……そう思っていました。

夜の一一時に私から橋田さんに電話をかけるのが、二人の間の習慣のようになっていました。少しでも遅れたり、たまにかけられなかったりすると、

「どうして電話しないのよ！」

「あんた、電話くれなかったじゃない！」

口調にとげのある電話がかかってきます。私だって何らかの事情でかけられない時はあります。「本当に自分勝手な人だ！」と腹が立つこともありましたし、

「そっちから電話すればいいでしょ！」

と、言い返すこともありました。でも、橋田さんも私もひとり暮らしですから、「何かあったのではないか」と心配してくれているのは、ひしひしと感じます。誰かとつながっている、ひとりではない……と思える

のは心強いことです。ありがたいことです。

夜中の電話は、仕事の相談もありますが、どちらかというと「声を聴かないとなんとなく寂しい」と思って連絡していました。かかってくる電話を心待ちにしてくれていた橋田さんもまた、同じように私のことを気に留めていてくれたのだと思います。口喧嘩を年中しながらも、私たちはお互いのことを気遣っていたのです。そんなこと、照れくさくてとても本人に直接言うことはできませんでしたが、本当に大切な存在でした。

一人でどこに行っちゃったのよ

亡くなる前日に、大好きだった自宅に帰ることができたのが、せめてもの救いです。「家に帰りたい」というのは、橋田さんの希望でもありましたし。お医者さんが付き添って帰宅した折には容体も落ち着いていたようです。最期の時には、一〇人の関係者が様子を見守り、橋田さんが好きだった「千の風になって」を歌ってあげたそうです。一瞬、目を見開いたと聞きました。その場にいた人たちが声をかけると、安らかに、眠るように亡くなりました。

気がはやる思いでようやく熱海に到着した私は、すでに旅立ってしまった彼女と対面することになりました。その瞬間、

「こんなに急いで、一人でどこに行っちゃったのよ。早く帰ってきてよ！」

と、私は叫んでしまいました。

彼女の回復を心から信じていたので、目の前の光景が信じられなかったのです。本当に寂しい思いがしました。

姉の言うことは聞くもんだ

あれは……橋田さんが亡くなるひと月前のことです。お手伝いをして

いる橋田文化財団のことで彼女と電話をしていたのですが、いつになく彼女が、財団のことをくどくどと私に託したのです。私はだんだん聞き疲れてきて、

「今さら言うことじゃないでしょ」

と言うと、

「でも、ちゃんと返事して！」

「財団のことをちゃんとやりますと言って！」

どうしてもそのひと言を聞きたい、聞かずにはおかない、という橋田さんの気迫のようなものが受話器の向こうから伝わってきます。「さっきからやるって言っているじゃない」と私は思いましたが、彼女の求めに応じて、

「財団のことをちゃんとやります」

と、復唱しました。橋田さんは満足したようでした。そして、

「あんたは私より一つ下。私はあんたの一つ上なんだよ」

唐突にそう言いました。年齢のことを言い出したのです。

「そんなのわかってるわよ」

言い返す私に、

「あんたよか、お姉さんだよ。だから、姉の言うことは聞くもんだ。あんたは妹なんだから」

何を言っているんだろう、この人は……。何か不穏なものを感じて胸がざわついた私は、

「あんた、そんなこと言ったことないのにどうしたのよ!」

と突っかかってしまいました。

言い方は悪いですが、私は彼女の頭がどうにかなってしまったのではないか、と思ったのです。「ちょっと変だな」と。けれども、会話はちゃんとしたことを言っています。それにしても私のことを「妹」だなんて……。

「財団のことは何があってもやりますから安心してください」

彼女を安堵させようと、そう伝えながらも何やら言い知れぬ寂しい気持ちが込みあげてきました。

「だけど、なんでそんなこと……あんた、今言うのよ！」

「そんな寂しいことを言っちゃ、いや！」

正体のわからない不安な気持ちに私はなりました。体調のよくない橋田さんに対して、私は腹を立ててしまったのです。

人はひとりじゃない

「あんたは妹なんだから」

そんなことを言われたのは、その時が初めてで最後でした。

お互い大人ですから、相手のことを思い遣ってはいても、なかなか口《くち》幅《はば》ったいことは言えないものです。橋田さんの「あんたは妹」というひと言は、彼女が私のことを家族のように思っていたことを、私に伝えたい、わかっていてほしい、という「遺言」のようなものかもしれません。

生まれた場所も育った環境も違う私たちは全力で向き合い、いつしか盟友となり、ついには家族のような関係となりました。

私たちが出会ってから今日に至るまで、私たちの国日本は、敗戦からの復興、高度経済成長期、バブル時代、そしてグローバル経済の時代と、激動する世界の影響を受けて〝日本人らしさ〟を薄め、そのメンタリティを変質させ、そして〝家族のかたち〟までもが変わってきました。もちろん、時代とともに変わるべきものもありますが、残すべきものほど喪《うしな》われてきた印象があります。

私たち二人で作りあげてきたホームドラマは、時代の〝映し鏡〟なのかもしれません。

時代が移ろう中で零《こぼ》れ落ちてしまった大切な何か、あるいは喪ってほしくないもの、といったいろんな話を毎日のように語り合い、「家族」

「人間」という、私たちが生きるうえでの永遠のテーマを、ドラマの中で表現してきたのです。

人間という字は「人」と「間」からできています。人間と書いて「ひと」と読む、私はそう思っています。

人間とは、人と人とのつながりであり、そこに基本がある。

「人はひとりじゃない」

「ひとりでは生きていけない」

「温かな心のつながりは欠かせない」

とも思います。

橋田さんのことを思うと、私の胸にぽっかりと空いた大きな穴は、いまだに寂しさでいっぱいになります。別なもので満たしたいのですが、そんなものは思い浮かびません。

けれども、心が通い合い、相手の考えていることはだいたいわかる、という人間関係を、彼女との間で築けたことは、私の人生にとっての宝物です。他人同士が姉妹、つまりは「家族」になりました。「人はひとりじゃない」と思って生きてこれました。まぎれもなく、私たちが生きてきた歳月が、そのように導いたのです。

私たちがどうやって出会い、かかわり合い、どんなことを考えてドラマや舞台を作ってきたのか。私の視点でお伝えしたいと思います。お付き合いいただければ幸いです。

清節

なぜ、二人の人生は交わり、
ともに歩むことになったのか

第1章 私たちを結びつけたもの

私がなぜプロデューサーとして生きることになったのか、なぜ橋田壽賀子さんと私の人生とが交わり、一点で重なることになったのか……。

天一天上の日に生まれる人に恵まれる宿命

みなさんは「天一天上《てんいちてんじょう》の日」という言葉をご存じでしょうか。暦《こよみ》のことはよくわかりませんが、この日に生まれた子は、「一生、人に恵まれて育つ」そうです。

私は一九二六(大正一五)年九月一日に、東京の下谷で生まれました。この日が天一天上の日にあたるそうです。父は新派の俳優・伊志井寛《いしいかん》、母は芸者で小唄の師匠でもあった石井《いしい》のぶ。両親とも、日々忙しくしていましたので、私は祖父母に育てられました。とりわけ祖母が大好きだった〝おばあちゃん子〟です。

ちなみに、橋田壽賀子さんは私が生まれる前年、一九二五（大正一四）年五月一〇日に朝鮮半島の現在のソウルで誕生しています。

「東京大空襲」で被災し鳥海山麓の吹浦で終戦を迎える

私の少女時代は、日本舞踊に熱中する毎日。長唄や清元《きよもと》、常磐津《ときわづ》といった邦楽に親しみました。残念ながら脚を痛め、肺結核を患うなどしたため、日舞で生きていこうという夢は断念しましたが、その世界に親しんだことで、映《は》える所作を俳優さんに伝えることができるようになるなど、奇《く》しくも後年とても役立つことになりました。

肺の病気のため、入院と自宅療養とで一年半。学校は二年遅れることとなってしまいました。そんな私が女学校に通うようになったのは戦時中のことで、同世代の方も体験されたことと思いますが、工場で勤労奉仕の毎日。学校で学ぶことができたのは、週にわずか一日でした。空襲により目の前で同級生が亡くなるというつらい経験もしました。

一九四五（昭和二〇）年三月一〇日の「東京大空襲」で被災した私たち一家は、地縁も血縁もない秋田県にほど近い山形県飽海《あくみ》郡吹浦《ふくら》村字《あざ》箕輪に、知り合いのご厚意により疎開することになります。

父と母は慰問のため巡業が多く不在がちでしたが、私は耳慣れない山形弁に戸惑いながらも、代用教員として村の小学生を教えたり、役場の職員として働いていました。鳥海山麓《ちょうかいさんろく》の吹浦の山河はのどかで、空襲に苦しむ東京からは考えられない別天地でした。空気がきれいで、肺が弱かった私には転地療養にもなりました。

八月一五日の終戦の日は突然来ました。その日も穏やかで、静かだったことを覚えています。私は一九歳でした。

新東宝のニューフェイスになった私
松竹に入社し、脚本部に配属された橋田さん

翌一九四六(昭和二一)年、父と母、そして私は東京へと戻ったのですが、住む家がありませんでした。私たちは途方にくれました。その時、手を差し伸べてくださったのが、父ととても親しかった俳優の長谷川一夫《はせがわかずお》さんです。ありがたい申し出をいただき、私たち家族は長谷川さん宅でお世話になることができたのです。

私は、長谷川さんの姪御《めいご》姉妹と、三人一部屋で過ごすことになりました。後に船越英二《ふなこしえいじ》さんと結婚する長谷川裕見子《ゆみこ》さんとの出会いです。当時、すでに映画に出演していた裕見子さんは、お仕事でギャラをいただくと、ご自分と妹さん、そして私とに三等分してお小遣いをくださったのです。

あくる年、私は長谷川一夫さんの勧めで、新東宝に「ニューフェース」の第一期生として入ることになります。新人発掘のオーディションに応募したのです。

正直、私は女優になりたかったわけではありません。端的にいえば「お金が欲しかった」のです。

何かをして稼がないと、長谷川さん宅での居候《いそうろう》生活に心苦しさを感じてしまいます。裕見子さんにも恩返しをしたかったのです。いつまでもご厚意に甘えているわけにはいきません。

新東宝にはおよそ三年所属していました。何といっても憧れの原節子《はらせつこ》さんの映画『女医の診察室』（一九五〇年）に看護師の役で出演したことが忘れがたい思い出です。せりふはあまりありませんでしたが、タイトルの通り、原さんは女医の役で自分は看護師ですから、いつもそばにいることができます。撮影中、私は倒れてしまったことがあるのですが、気がつくと、原さんが枕元に座って私の様子を心配そうに見ていました。にっこり微笑《ほほえ》んでチョコレートを私の口に入れて下さったのですが、それが幸せすぎて、この時以来、私はチョコレートを口にしていないほどです。

私が原節子さんにうっとりしていた頃、橋田さんは映画『長崎の鐘』(一九五〇年)でサブ的な役割ではありましたが、脚本の仕事に初めて当たっていました。一九四九(昭和二四)年に〝初の女性社員〟として松竹に入社し、脚本部に配属されたばかりでした。けれども、映画界で初めての女性シナリオライターだった橋田さんへの風当たりはとても強かったようです。

「脚本家はたくさんいるのに、どうして女性と仕事をしなければならないんだ」

などと、反発されていたそうです。

私の原型が培われたラジオ東京の『人情夜話』

その頃、私は悩んでいました。「自分には俳優は向いていない」と思っていたのです。撮影で仲良くなった香川京子《かがわきょうこ》さんにはよく相談していました。再び胸を患《わずら》い、半年ほど休養を余儀なくされたのですが、「自分はこれからをどう生きるべきか」を考える時間にもなりました。そして、私は映画界を去る決意をしたのです。

私は日本電建という住宅販売会社に勤めるようになりました。当時は珍しかった月賦方式で住宅などを販売することで、急速に成長していた会社です。最初は歌舞伎町にあった営業所に配属されましたが、映画界にいた経験を買われて銀座本社の宣伝部員となったのです。当時、社長をされていた平尾善保《ひらおよしやす》さんは、その後の私の人生に大きな影響を与えることになります。

勤務は平日九時から一七時、土曜は午前まででした。毎日、八時三〇分には出社していたことを思い出します。

仕事はというと、当時、日本電建がスポンサーになっていたラジオ東京（後の東京放送・ＴＢＳ）の番組『人情夜話』の担当になりました。このラジオ番組は、月曜から金曜の夜に放送されていた一五分間の番組です。何ぶん未経験の仕事ですので無我夢中でした。

スポンサー側の人間として番組制作に立ち会ううちに、ラジオ局の制作スタッフと仲良くなり、企画の話をするようになっていったのです。番組で流す作品を制作スタッフとともに選び、脚本家にラジオ劇としての原稿に仕立ててもらう。配役を考えて役者さんに出演交渉をするなど、いわばプロデューサーとしての私の原型が、この『人情夜話』で培《つちか》われていくことになったのです。

父を介して知り合った新派の俳優さんたちには、本当にお世話になりました。

　また、映画制作会社と話をして、封切り間近の映画の主役俳優さんにも宣伝を兼ねて出演してもらいました。当時は映画全盛期でしたが、映画制作会社は公開する映画の前評判を盛りあげるのに苦労していました。そこで、ラジオ劇に出演していただく代わりに、ラストで「この映画の封切りは○月○日、乞うご期待！」と宣伝できるようにしたのです。

石井ふく子を貸してほしい……「日曜劇場」のスタッフに

　ラジオ東京がテレビ放送を開始したのが一九五五（昭和三〇）年。当時はまだラジオ隆盛の時代です。『人情夜話』でご一緒したディレクターが新設されたテレビ局への異動を申し渡され、「テレビへ左遷された……」と落ち込んでいたことを鮮明に覚えています。けれども、その異動になった方々が、私をテレビと結びつける接点となるのです。

一九五七(昭和三二)年、私は当時、編成部長だった諏訪博《すわひろし》さん(後のTBS社長・会長)から「『日曜劇場』のスタッフにならないか」というお誘いをいただきました。この方もまた、私のプロデューサー人生に大きくかかわる方です。

私は日本電建の社員です。フルタイムで働いていましたし、そもそもテレビのことを全くわかっていません。ですから、きっぱりとお断りしました。

ところが、話はそれで終わらなかったのです。諏訪さんは、

「どうしても石井さんが欲しい」

と、日本電建の平尾社長に言ったそうです。

「引き抜かれては困る。これからこっちも大事な時だ」

と、社長は諏訪さんの申し出を拒みました。それでも平尾社長は思うところがあったのでしょう。

「君に才能があるというのであれば、私はそれを潰してしまうことになる。君が望む方に行ってみてはどうか」

と、私に意思確認をしてくださいました。

「いいえ、私はこの会社が好きなんです。辞める気持ちはありません」

私はそう答えました。その時はこれで話が終わったのですが、しばらくすると、また社長に呼ばれました。

「石井ふく子を貸してほしい」

諏訪さんが今度は、そうおっしゃったそうです。

こうして、私は日本電建の社員をやりながらＴＢＳ（当時はラジオ東京）の嘱託として日曜劇場にかかわることになったのです。

私に可能性を感じ、必要としてくださった諏訪さんの熱意、平尾社長の大きな度量がなかったら、今日の私はなかったということになります。私自身、ラジオ番組にかかわることで、ドラマ制作の面白さを知りました。テレビはわからないことだらけですが、「やってみたい」、そう思ったのです。

仕事に男も女も関係ない されど「二足のわらじ」は大変

とはいえ、この「二足のわらじ」、現実にはなかなか大変でした。月曜から土曜午前までは日本電建の社員として目いっぱい働き、土曜の午後からは日曜劇場のリハーサル、日曜が本番（当時は生放送でした）、という一週間です。休みなしの生活になったのです。思い返せば、水曜から金曜も夕方からリハーサルが入ることが多かったので、自分の時間はないに等しい日々でした。

テレビの世界は、いまだ創成期ともいうべき段階。ノウハウもなく手探り状態。何をやるにも自由、といえば聞こえがいいですが、既成概念にとらわれようがない現場でした。だからこそ、未経験者の私でもやっていくことができたのかもしれません。

初プロデュース作品『橋づくし』は生放送

私のプロデューサー人生の起点であり、多くの作品を制作してきた「日曜劇場」についてお話ししておいたほうがよいでしょう。

日曜劇場の放送は一九五六(昭和三一)年から始まりました。一話完結のドラマ、というのが大きな特徴です。東芝さんの一社スポンサーでしたので、「東芝日曜劇場」とご記憶になっている方もおられると思います。東芝日曜劇場としての放送は、二〇〇二(平成一四)年九月まで続きました。橋田壽賀子さんと初めてコンビを組んだのも日曜劇場で、二人で多くの作品を作り出してきました。

長らく一話完結のスタイルで放送されてきましたが、一九九三(平成五)年に橋田さんの脚本で私がプロデュースした『おんなの家』第一六回を最後に、連続ドラマへと移行していきました。以来、私も日曜劇場からは離れています。ですから、私が日曜劇場にかかわっていたのは、「東芝日曜劇場」と呼ばれていた時代になります。

さて、TBSの嘱託となって一年後の一九五八(昭和三三)年。私にとって初めてのプロデュース作品となった『橋づくし』が放送されました。日曜劇場としては第九三回の放送です。

私はこれ以降、三五年間で一〇〇〇本を超える日曜劇場作品を手がけることになりますが、この『橋づくし』がその〝はじめの一歩〟ということになります。とにかく無我夢中でした。

企画段階から主演は山田五十鈴《やまだいすず》先生と決めていたものの、出演していただけるかどうか、全く自信がありませんでした。けれども先生は快く引き受けてくださったのです。その時の感激は忘れません。

原作は三島由紀夫《みしまゆきお》先生の短編です。舞台は築地から銀座にかけて架かる七つの橋。四人の女性たちが登場するのですが、すべての橋を渡り終えるまで話しかけられてはいけない、そうでないと願掛けは成就しない、という満月の夜の物語です。

橋を渡るという単調になりがちな画をどう違えて撮るか……私も悩みました。その時使ったのが、映画の特撮手法「スクリーンプロセス」です。私にとってはなじみのある方法でしたが、映画の経験がある人が現場にいませんでしたので、斬新だという印象を持っていただけました。

放送後の評判もよく、まだまだ未熟ながらもなんとかこの世界でやっていけそうな気持ちになりました。放送が無事に終わった時のうれしさや安堵感は、今でも鮮やかに覚えています。

当時のことで心に沁みる思い出があります。親友でもある香川京子さんのことです。

この頃は映画会社五社が協定を結び、映画スターのテレビ出演をボイコットしていました。けれども、『橋づくし』が私のプロデューサーとしての初仕事だと知った香川さんは、会社の首脳陣を説得してまで、友情出演してくださったのです。彼女の気持ちが本当にうれしかった。

当時は、今とは違い生放送のドラマなので、二度と観《み》ることはできません。一期一会《いちごいちえ》、たとえ失敗しても一発勝負です。懐かしくもあるし、数多く制作した一番最初がこの『橋づくし』ですから、私にとっては忘れることができない作品です。

とても重要な「原作探し」山本周五郎先生の思い出

原作探しはとても重要な仕事です。大変といえば大変ですが、ラジオでもやっていたことなので、ここでも前の仕事を活かすことができているともいえます。作家の先生方に、何度断られてもあきらめず、ドラマ化の許可をいただいたことは良い思い出です。

山本周五郎《やまもとしゅうごろう》先生の作品『今日午《こんちうま》の日』でのエピソードをご紹介します。このお話は「豆腐屋の婿《むこ》になった愚直な男が家業と家を懸命に守る」という先生らしい人情味のある短編です。私にとってはラジオ『人情夜話』でやったのが最初です。

お電話して「ラジオでやりたい」と言っても、すげなく切られてしまいます。「これは直接会いに行くしかないな」と、私は思ったのです。

本来、私はスポンサーサイドの人間です。作家さんとの交渉は制作に任せればいいのですが、先生がお仕事部屋の代わりに長逗留していた、横浜の間門園《まかどえん》という旅館の離れに一人で会いに行きました。

断られて、断られて、断られて、四回目にようやく会ってくださったのです。ガラッと扉が開いて、

「入れ」

と、先生はおっしゃいます。部屋の隅っこに小さくなって座っていると、

「うちには酒か水っきゃないけど、どっちがいい？」

と、聞かれました。

「お水をいただきます」

と、お答えすると、

「そこに水道があるから、くんで飲め」

そうおっしゃられたのが、先生との出会いです。

それから、次第に打ち解けていただき、先生の作品をやらせていただけるようになり、後には『山本周五郎アワー』もやりました。

『今日午の日』は一九五九(昭和三四)年に、日曜劇場でドラマ化されました。

先生には、他にも『初蕾《はつつぼみ》』(一九七三年、二〇〇三年)、『「野分《のわけ》」より白い花匂う』(一九七五年)、『不断草《ふだんそう》』(一九八〇年)、『三十《さんじゅう》ふり袖《そで》』(一九七一年、一九九三年)など、ドラマ化をたくさんお許しいただき、とても感謝しています。

生放送はハプニングが起こるのが当たり前

今でこそ、ドラマは収録したものを編集して放送しますが、私が駆け出しだったこの頃は「生放送」です。VTRが導入されてからも高額な修正代がかかることから、おいそれと使えない事情もありました。

生放送はまさにハプニングの連続でした。

とある時代劇での話です——密書を持った登場人物が悪者に追いかけ

られて捕えられる。そこで追手に奪われないように密書を放り投げる、というシーンがあったのですが、事件は起きてしまいました。

なんと、本番前に俳優さんが懐《ふところ》に密書をしのばせるのを忘れてしまったのです。「密書がない！　どうしよう」と思った俳優さんがとった行動は……懐に入っていた日払いの出演料が入った封筒を、忘れた密書の代わりに投げたのです。

脚本通り、追手に捕まった彼は、ギャラ袋を放り投げました。現金がひらひらとスタジオに舞い落ちます。

「何をやっているんだよ！」

と私は怒られましたが、そんなのどうしようもできません。

『お犬さま係』（一九六〇年）という、将軍家拝領《はいりょう》の犬が行方不明になる騒動を描いた時代劇でも、びっくりするようなことが起きました。

将軍家に拝領した犬ですから、登場するのは日本犬のはずですが……

本番前のカメラテストに来たのは毛足の長いスピッツです。差し替えようにも、もう間に合わないので、白い毛を刈ることにしました。

「これはもう犬を買い取るしかないな」

と思いながら、ようやく刈り終えて「よし!」と思ったのもつかの間、次の難題が。日本犬のワンちゃんは鼻が黒っぽいですが、スピッツはピンク色。かわいそうですが、スピッツの鼻を黒く塗りました。

なんとか本番に間に合ったと思ったのですが、スピッツは自分の鼻をしきりに舐めています。気がついたらもとのピンク色に戻ってしまいました。もう開き直って本番に出すしかなかったのです。

〝二足のわらじ〟生活の終わり 橋田壽賀子さんとの出会い

その頃、橋田さんに転機が訪れていました。一九五九(昭和三四)年に、松竹を退社したのです。フリーランスになった橋田さんは、各テレビ局に原稿を持ち込むようになります。

彼女は多くを語りませんでしたが、当時はなかなか原稿が採用されず、悔しい思いを相当重ねたようです。

橋田さんは他の人のものより少しでも目立とうと、自分の原稿を赤いリボンで綴《と》じていました。プロデューサーの机の上には売り込み原稿が山積みになっています。その中から選んでもらおうという苦心の策です。

けれども、持ち込んだ原稿は検討されることなく放置されていて、後日、別な案件の売り込みのためにその局を訪れると、自分の原稿がメモ用紙として再利用されていたのだとか……。

当時はあまり仕事がなく、経済的にも厳しかったと聞きました。でこぼこだらけの道を歩んでいたのです。

一九六一(昭和三六)年のことです。とうとう、私の〝二足のわらじ〟

生活にも限界がきていました。

体力や気力もそうですが、そもそも時間的にもどうにもならなかったのです。私は人生の分岐点に立っていました。

私の中ですでに結論は出ていました。ドラマを作ることが自分にとってやりがいのある仕事で、生きがいにもなっていると感じていたのです。こうして、私は正式にＴＢＳの社員となりました。そして、東芝日曜劇場に加えて、連続ドラマもプロデュースするようになるのです。

橋田壽賀子さんとの出会いは、もうすぐそこまで来ていました。


彼女と私を引き合わせたのは、『七人の刑事』（一九五八〜一九六九年）のディレクター山田和也《やまだかずや》さんでした。ドラマ制作のスタッフルームでは、日曜劇場チームの隣に『七人の刑事』のスタッフ席が組まれていたのです。

橋田さんと刑事ものがつながらない方が多いかもしれません。が、『七人の刑事』の第四二回「レースの手袋」（一九六二年）や第七三回「表彰式」（一九六三年）などは、彼女の脚本で制作されています。

初めて橋田さんと話をした時のことです。

「何を書きたいんですか？」

とたずねた私に、

「人を書きたいです」

彼女はそう答えました。「ああ、人ね……人はいろいろとあるけど、どんな人よ」と思った私は、

「私は人間のドラマを作りたいの」

と、彼女に伝えました。すると、橋田さんも激しくうなずいたのです。

「人間っていろいろあるけれど、『家族』を書きたいんです」

私たちは初対面で思いが一致してしまいました。そこで私は、

「書きたいものを書いてきてください」

と、言ったのです。

私は初めての人にオリジナル脚本を頼むことはしないのですが、どういうわけか、橋田さんには好きなものを書いてもらおうと思ったのです。書きたいものを書け、と、言われた側の橋田さんは緊張したそうです。私に「試された」と感じたようでした。

初コンビ作品『袋を渡せば』母が橋田さんにかけた電話

橋田さんが書き上げてきたのが『袋を渡せば』（一九六四年）です。タイトルにある「袋」とは、「給料袋」のことです。現在では銀行振り込みのほうが一般的ですが、放送された当時は毎月の給料日に現金支給されるのが、当たり前でした。

夫が妻に「袋を渡す」という儀式にも似た行い。そこには、夫婦の間の交流がありました。給料袋一つが夫婦の人生を象徴してもいました。

給料袋を家庭に持ち帰る前に、「どうやって少しピンハネするか」悪知恵をめぐらせる旦那、けれども、結局は奥さんにバレて大喧嘩になるというのが『袋を渡せば』の話の筋です。

香川京子さんと山内明《やまのうちあきら》さんに夫婦役にやっていただきました。これが、橋田壽賀子さんとの初コンビ作品になったのです。


最初に受け取った脚本は、「構成は素晴らしいけど、せりふが何だか変」という印象でした。彼女は、映画会社の脚本部でシナリオライターをやっていたので、映画のせりふ回しが身についていたのです。

テレビでは、わりとリアルな話し方に近いせりふを作りますが、映画の場合は、少し洒落《しゃれ》た言い方にするきらいがある。彼女は映画の脚本を書いてきたので、ついついカッコよいせりふにしてしまうのです。

私はあまり意識していませんでしたが、自宅から橋田さんに電話をかけた時、かなり強いもの言いで、せりふについて橋田さんに指摘したようです。

「そうじゃないでしょう、もうちょっとリアルにやってよ！」

「あなた、このセリフを自分で言ってみなさい。言える？」

「こんな会話、ふつうしないわよ！」

などと、彼女に対してすごい勢いで修正点を挙げたようです。

自分の部屋に戻った私と入れ替わりに、橋田さんに電話をかけた人がいました。私の母です。

「うちの子、失礼なことばっかり言って、すみません」

電話台の横のメモ用紙に私が走り書きした電話番号を見て、ひと言お詫びを伝えようと思ったそうです。

「実はね、あなたのお母さんに私、謝られたのよ」

後日、橋田さんから聞かされた話です。

母の心遣いもあって、橋田さんも気持ちよく、せりふを書き直してくれました。あがってきた脚本は、最初のものと比べて格段によくなっていました。

「私も考えちゃった……テレビで使うせりふっていうのは、やっぱり映画とは違うんだなって。素直にその気持ちになれた」

橋田さんは、そうつぶやきました。そこから彼女との六〇年に及ぶ長いお付き合いが始まったのです。

思ったことを言い合い、ぶつけ合って、共感できるポイントを見出す

最初の仕事で、私がリクエストした修正に対して「期待を超えるものを作ろう」という姿勢を見せてくれた橋田さん。私の厳しい指摘、そしてもの言いに、彼女だってカチンときたとは思います。けれども、お互いにちゃんと向き合ったことで、気持ちが響き合い、心が握手したとい

う感じがしています。

　脚本を直してほしい時、私はすごく嫌な言い方をしているのだと思います。だから、母は聞いていられなかったのでしょう。橋田さんから母が彼女に電話した件を聞かされた後、

「そんなこと、するもんじゃないわよ」

　と、母に言ったんですが、

「でもさ、せっかくご一緒に仕事をするのに、あんな言い方はないじゃないの」

　と、逆にたしなめられたほどでしたから。

「率直に言わないとわからない、伝わらない」と、私は今でも思っています。思ったことを言い合い、ぶつけ合って、どこか一点で共感できるポイントを見出していくことが大事だと思っています。

　橋田さんに限らず、ドラマにかかわる人は、それぞれバックボーンが

違います。考え方が違うのは当然で、意見のすり合わせをするためには、ぶつけ合って、合わせていかないといけません。

生放送なのに四回も再放送『愛と死をみつめて』の大ヒット

『袋を渡せば』と同じ年に放送された『愛と死をみつめて』(一九六四年)は、橋田さんにとっても、私にとっても大切な作品になりました。私たちがコンビを組んだ二つ目の作品です。大和書房さんから発行された同名の書籍が原作でした。

軟骨肉腫に冒された大島《おおしま》みち子さんと大学生河野実《こうのまこと》さんの三年間に及ぶ文通を書籍にしたものでした。一九六三(昭和三八)年に刊行され、一六〇万部の大ベストセラーにもなりました。

若い二人の純愛ものです。私はまだゲラの段階で大和書房さんに行って読ませていただきました。一読して本当に感動したんです。「ぜひドラマにしたい」と思って、橋田さんに見せました。「これは彼女に書いてもらうのがいい」と思ったのは、私の直感です。

「私、乗った！」

彼女の返事は即答でした。橋田さんはというと、その時はじめて「この方、もう一度、私ときちんと仕事をしようと思ってくださっているんだな」と、私に対して思ったそうです。

三週間ほど待っていると、原稿を持って橋田さんがやって来ました。電話帳ほどの分厚さの、びっくりするような大作でした。どう見ても一時間の放送枠には入りません。

「これ、どうするの？　一時間に入んないわよ」

と咎めると、

「でも、できちゃったんだから、しょうがないじゃない」

と悪びれもしません。

「どうにかして、収まるようにしてよ」

と言っても、

「でも切れません！」

の一点張り。言うことを聞かない人だな、どうしようかな、と思いながら原稿を読んでみると、素晴らしくよかった。そして、確かに切れない……ぎゅっと結晶のように内容が凝縮している。

とてもよかったけど、絶対に番組の枠には入らないのは火を見るよりも明らかです。枠に収まらないのであれば、枠をどうにかしなければいけない。

私はスポンサーの東芝さんに、前例のない提案をさせていただいたのです。

「前・後編の二時間でやらせてもらえませんか？」

簡単ではありませんでしたが、最終的には、

「石井さんがそうおっしゃるならやりましょう」

と、同意してくださったのです。

四月に放送すると、その年のうちに四度も再放送するヒット作になりました。

後に、橋田さんがこの時のいきさつについて、

「本当にすごいプロデューサーだと思いました。一生忘れません」

「これが放送作家としてなんとか食べていけるきっかけの作品になった」

「ふく子さんとの出会いがなかったら、とっくに脚本を書くことをあきらめ、他の仕事をしていたに違いない」

と、取材に答えています。うれしい言葉ではありますが、プロデューサーとしての私の仕事の第一歩は、ドラマにするための「原作探し」です。その過程でこの作品と出会い、初めてコンビを組んだ『袋を渡せば』で見事に人間を描き出した橋田壽賀子さんに、「この人なら」と可能性を感じて脚本を託した。それだけのことだと私は思っています。

二人の関係ができる基礎になった『袋を渡せば』と『愛と死をみつめて』

『袋を渡せば』、そして『愛と死をみつめて』での橋田さんとの仕事は、その後につながる二人の関係の基礎になったように思います。

違う環境で育ってきた人間同士が一緒に仕事をするのは大変なことです。私の「常識」は彼女の「非常識」だということもあり得るわけですから。彼女だっていろいろ思ったと思います。

以前、橋田さんと対談した折に、初めてコンビを組んだ『袋を渡せば』当時の私の印象について、

「とても気難しそうな方で、そんな方と付き合うのはたまらないから、二度とお会いしたくないって感じだった」

「まぁ、一度だけでおしまいだろうなって思ったんですよ」

私からしたら苦笑いするしかないですが、そんな受け答えをしています。「あなただって、相当わがままな人ですけどね」と言いたいところですが。

母がハラハラしたように、私が思ったことを直球で伝えるので、初めて私と向き合った橋田さんはびっくりしたでしょうし、腹も立ったことでしょう。でも、うまいこと言えないのは、橋田さんも同じなんです。

二人ともそう……。ずっとそうでした。

私たちの関係、心の通い合いができ始めたのが『袋を渡せば』と『愛と死をみつめて』なのです。

あんた、どこ行ってるのよ？ 橋田さんに追い立てられる

橋田さんの脚本の原稿枚数は、ペラで一二〇枚ぐらい。ペラとは二〇

〇字詰め原稿用紙のことです。けっこうな枚数ですが、彼女は原稿をあげてくるのが早かった。たいていは「まだですか？　まだ原稿あがりませんか？」と、プロデューサーが脚本家を追い立てるのが普通なのですが、橋田さんには逆に追い立てられるのです。

「あんた、どこ行ってるのよ？」

原稿ができあがると、きまって電話がかかってきます。仕事の打ち合わせだと返事をしても、

「もうできてんのよ、早く来てよ」

と言われてしまいます。彼女が自分で原稿を持ってきたのは、ほんの最初のうちで、気がついたら私が取りに行くようになっていました。

そして、どういうわけか舞台稽古など、とても大事な時に限って、

「もうできたから、急いで来て」

と連絡がきます。

熱海に彼女が住むようになると、橋田さんから「原稿があがった」と連

絡があった時は、原稿を熱海へ取りに行った私を、出演者の方たちが「待ち」の状態になるという感じでした。なにしろ、言い出したらもう聞かない人でしたから。「できたんだから取りに来て」というわけです。原稿を引き取る予定は明日だったのに、「えっ、今日?」なんてこともよくありました。

おかしいのは、連絡がきたときに稽古しているのが、橋田さん脚本の作品だったりすることです。

「あんたの芝居をやっているんだけど……」

と、苦笑いするしかありませんでした。

「せりふがうまい」平岩弓枝さん
「構成力がすごい」橋田壽賀子さん

私の場合、橋田さんの他には、平岩弓枝《ひらいわゆみえ》さんに脚本をお願いすることがわりと多くて、舞台の脚本もお願いしていました。

日曜劇場でも、いろんな作品を書いていただきました。平岩さんと初めて出会ったのは彼女が直木賞を受賞した『鏨師《たがねし》』を日曜劇場でドラマ化した一九五九(昭和三四)年です。その後、小説家だった平岩さんに「ドラマの脚本を書いてほしい」とお願いするようになりました。

そうして生まれたのが、『女と味噌汁』です。この作品、もともとは平岩さんが小説として書いたものでしたが、とても面白かったので、どうしてもドラマ化したくて平岩さんに脚本をお願いしたのです。

ライトバンで移動しながら味噌汁を提供する味噌汁屋さんという設定です。池内淳子《いけうちじゅんこ》さん演じる主人公の芸者てまりに、置屋「はなのや」の女将《おかみ》(山岡久乃《やまおかひさの》さん)そして芸者小桃(長山藍子《ながやまあいこ》さん)がからむストーリーが、視聴者のみなさんに楽しんでいただけ、一九六五(昭和四〇)年の放送開始から一九八〇(昭和五五)年まで全三八話が放送され、「日曜劇場の最長寿作品」となりました。ちなみに『女と味噌汁』は、ＴＢＳでカラーＶＴＲ制作された最初の作品でもあります。

一九六八（昭和四三）年から放送された『肝っ玉かあさん』は全三シリーズにわたって制作され、一九七〇（昭和四五）年からスタートした『ありがとう』も全四シリーズの大ヒットになりました。いずれも平岩さんの筆の力によるものだと思っています。

『肝っ玉かあさん』は日曜劇場と異なり、毎週木曜夜八時の放送でした。連続ドラマですので、予算の都合でいわゆる大物俳優や歌舞伎役者を主演として起用するのは難しい事情がありました。役者の世界ではまだ「主役は主役、脇役は脇役」と分かれているのが常識でしたが、懐事情もありましたので、脇役と目されていた京塚昌子《きょうづかまさこ》さんを主演にお願いしたのです。当時では非常識なキャスティングだったとは思いますが、タイトルのイメージ通りの京塚さんの演技が大好評でした。

『ありがとう』の主演は、チータこと水前寺清子《すいぜんじきよこ》さん。歌手として超多忙、売れっ子のチータでしたから、何度アプローチしてもダメで、迷惑な話ですが、ＴＢＳのトイレの前で待ち伏せまでして、ようやくＯＫしてもらったことを思い出します。第三シリーズまで女性警察官、看護師、魚屋さんを演じ、お茶の間を沸かせてくれました。

橋田さんの脚本と平岩さんとでは、ひと口《くち》に脚本といっても、全く違います。

平岩さんはト書きが美しく「せりふがうまい」。わりと短いせりふの中で人間の心のひだが、巧みに表現されています。だから、見る側の心に沁みる。

一方の橋田さんは「構成力がすごい」。長いせりふでも、そう感じさせません。登場人物が多くても、破綻することなく物語を作ることができるのは、橋田さんの構成力だと思います。

全くタイプの違うお二人との仕事は、それぞれ楽しかったし、勉強にもなりました。

橋田さんの恋煩い
『牛乳とブランデー』

橋田さんの脚本は、始まりから最後に向かって、どんどんテーマに向かって絞り込んでいく。だから、ラストに期待感があります。一人ひとりのキャラクターのことを本当によく考えている。

そんな橋田さんですが、脚本が書けなくなってしまったことがあります。

『牛乳とブランデー』（一九六六年）の頃です。印象深い出来事なので、今なお覚えています。

いつもなら約束の日よりも前に原稿をあげてくる人が、どういうわけか期日になっても原稿をあげてこない。具合が悪いのかと思って電話す

ると、

「話がある」

と、言い出したのです。

「今、別な現場にいるので、あとで電話する」

と伝えて、一旦、電話を切りました。

しばらくすると、今度は彼女の方から電話がかかってきました。

「ごめんなさい。なかなか書けない」

そんなことを橋田さんが言うのは初めてです。私は心配になりました。

「書けないって、あんた、どうしたの？」

と、たずねると、

「好きな人ができたの」

と言うではありませんか。私は耳を疑いました。恋愛話なんて、私たちはしたこともなかったので。

「誰？」

と問い詰めると、電話の向こうでもぞもぞしています。

「付き合っているの？」

とたずねると、

「ううん……」

橋田さんは否定しました。怪訝《けげん》に思った私は、

「付き合ってなくてどうして好きだとわかるの？」

と、疑問をぶつけました。すると、

「私が好きで、彼のことをちょっと思っているんだけど、そうなったら筆が進まないのよ」

なんだ、そういうことかと思った私は、

「冗談じゃないわよ」

「どうしたの、誰なのよ？」

と、彼女を重ねて問い詰めました。

彼女が口にした名前は、私が「カイチ」と呼んでいた同僚の岩崎嘉一《いわさきよしかず》さ

んでした。びっくりしましたが、少し待つよう橋田さんに伝えて、電話を切りました。

私は岩崎さんに内線電話をしました。当時のＴＢＳは三階に喫茶室がありましたので、そこに来てくれるよう頼みました。

やがて見慣れた岩崎さんが姿を現しました。彼は何の用かさっぱりわかりません。

「あなた、今、好きな人いる？」

と、単刀直入に聞きました。

すると、彼の反応がなんだか変な感じです。まじまじと私の顔を見るのです。それを見てようやく気づきました。彼は自分に好意を持っているのが私だと誤解したのです。

「私じゃないわよ」

私はすっかり慌ててしまいました。

「橋田壽賀子さんって知ってる？」

なんとか態勢を立て直して、彼にたずねました。

「うん。ちょっとどっかですれ違ったかな」

と、岩崎さん。

「その人が今、私と仕事しているんだけど、あなたのこと好きになって、脚本が書けないって言うの。なんとかしてよ」

「今、あなた好きな人いないの？」

聞けば、彼には特定の好きな人はいないことがわかりました。

「そう。じゃあ、この電話にかけてやってよ。あとは、お二人でどうしようと勝手だから」

私は橋田さんの電話番号を岩崎さんに渡しました。そして、

「一〇日以内にきちっとしてね」

彼女が脚本を書いてくれないと私が困る、と、念を押しました。

「わかった」

岩崎さんはそう言って、電話番号が書かれたメモを受け取ったのです。

すると、一〇日もたたないうちに電話かかってきました。二人それぞれから。

「どうすることになったの？」

と橋田さんに聞くと、

「付き合ってみることになった」

と、照れくさそうに彼女は答えました。そこで、

「わかった。その代わり、三日以内に脚本を書いてこなかったら、私、ぶち壊してやるから」

とすごんでみせました。

「書くわよ、書くわよー」

私の剣幕に橋田さんは誓ったのです。そして、約束通り書き上げてきたのが『牛乳とブランデー』でした。

『牛乳とブランデー』は橋田さんご夫妻

タイトルをつけたのは私です。脚本を読んで橋田さんと岩崎さんのカップルが思い浮かんだから、というのがその理由です。

このドラマは、言ってみれば結婚生活における夫と妻の〝思いの違い〟を描いています。お酒好きな旦那さんが、家では完全に奥さんのお尻に敷かれていて、好きでもない牛乳を飲まされている。

「妻に束縛されていてうっとうしい、自由になりたい。でも、いなくなると寂しい」と夫は感じるのです。一方の奥さんは家出をするのですが、やはり寂しく思ったり……。

牛乳とブランデーのカクテルのように、「はたして合うのかな、これ？」という組み合わせが、人によってはベストマッチだったりする。

あの二人もそうです。岩崎さんはお酒が好きでたくさん飲むけれど、橋田さんは一滴も飲まない。だから、いつもお酒が原因で喧嘩になる。

「あの二人こそ、脚本に出てくる牛乳とブランデーだな」

そう思って、このタイトルをつけたのです。

原稿をもらってしばらくして、岩崎さんから「話がある」と言われました。「何だろう?」と思いましたが、橋田さんのことだと見当はつきます。

「あの人、やきもちやきだからね、大丈夫?」

と、たずねました。喧嘩でもしたかな、と思ったのです。

「うん、まあ、大丈夫だろう」

と、彼は答えました。そして、

「五月一〇日に籍を入れようと思う」

「ホテルニューオータニに二人でいるから、立ち会ってくれ」

と私に告げたのです。五月一〇日は橋田さんの誕生日。またTBSの創立記念日でもあります。

岩崎さんが私に伝えたかったのは、このことでした。

当日、私は仲人として二人の結婚に立ち会いました。

「指輪持ってきた？」

と、岩崎さんに聞くと、

「持ってきた」

と、少し神妙な面持ちで彼が答えました。橋田さんの方を見ると、何やら大きなものを持っています。

「壽賀子さん、あなたのは何？」

とたずねると、なんと彼女が持ってきたものは、岩崎さんのために用意したカバンでした。

なぜカバンなのかといえば「一生ぶら下がってやる」という意味だそうで。サラリーマンは毎月きちっと給料をもらえるから、「自分の生活は大丈夫だ」というところからカバン。彼女にとって、カバンはその象徴だったのです。

橋田さん自身、フリーランスになって、なかなか仕事ができなかった経験から、毎月お給料が入る人を夫に選んだ。「絶対、サラリーマンと結婚したい」と思っていたようです。生活に困らない程度にお金がある人と一緒になりたいということは、ずっと夢のように思っていたのではないでしょうか。こうして、二人は結婚しました。

初めての舞台演出
父と稽古で大喧嘩に

父がきっかけで私は舞台の演出をするようになります。一九六八(昭和四三)年のことです。

原作・小島政二郎《こじままさじろう》さん、脚本・砂田量爾《すなだりょうじ》さんの『なつかしい顔―君は今どこにいるの―』が初めての舞台演出作品になります。この作品は小島先生とお嬢さんの実話をもとにした物語を舞台化したものです。

父は『君は今どこにいるの』（一九六八年）を、高峰秀子《たかみねひでこ》さんと日曜劇場でやっていました。

「小島政二郎さんの原作も、砂田量爾さんの脚本も、とてもよかった。舞台でもぜひやりたいから、お前、砂田さんに脚本を頼んでくれ」

あまりにも熱心に父が言うので、砂田さんに父の思いを伝えたのです。するとと砂田さんも喜んで、さっそく舞台の脚本を書いてくださいました。それを、劇作家の川口松太郎《かわぐちまつたろう》先生にお見せしたところ、

「いい脚本じゃないか」

「やっぱり、新派もこういうものをやっていったほうがいいね」

「それで、演出は誰がやるんだ？」

と、先生はうちの父にたずねました。すると、

「これ！」

と、父は私を指したのです。私はすっかり慌ててしまいました。

「私？　違う違う、私じゃないわよ」

父の言ったことを打ち消そうと、私は思わず大きな声をあげました。

「お前だよ」

「冗談じゃない、私、演出なんてしたことないし。テレビだってプロデューサーであって演出はしてないわよ」

「だけど、お前は小さい時から舞台を観て……」

「見るのと、やるのとは大きな違い。やりません！」

私には、露ほども舞台の演出をする気はありません。

「恥かくよ！」

「大丈夫だから、お前やれ！」

と、親子で押し問答になりました。父の言葉を聞いていた川口先生が
「親父がそこまで言っているんだから、やんなよ」

「新派だから大丈夫だよ」

と、勧めてくださったのですが、私にはその気はないし、自信もない。家に帰ってきてからも、父はずっと「お前がやれ」と言い募ります。もう面倒くさくなって、

「じゃあ、やるけど、ちゃんとせりふを覚えてね」

と、私は言いました。

何しろあの頃の舞台は、昼の部三部、夜の部三部、それにかけもちで何本も出演します。せりふを覚えるのが大変です。当時は、俳優がせりふを忘れた時に、せりふを囁《ささや》いてくれるプロンプターがいたほどです。そのプロンプターをつけない、というのが、私が演出を引き受ける条件でした。そして、

「私も一生懸命勉強します。なので、私の言うことを聞いてください」

と、父に言いました。

俳優としての父の長いキャリアと実績は、これから舞台の演出に挑戦する私の及ぶところではありません。けれども、俳優が意図通りに演じ

てくれないのでは、演出のしようがありませんし、する意味もない。

「わかったよ、やるよ。その代わり、お前、演出しろよ」

父がそう請け合ったことから、初めて舞台を演出することになりました。

けれども、実際に舞台稽古に入ると、約束した通りにはいきません。舞台に登場する位置や動作ひとつをとっても、父は私の言うことをなかなか聞いてくれませんでした。私がうるさく言うと、

「お前、うるさい」

「そんなことを、お前が決めるな！」

と、父は言い出しました。最初の約束なんてどこへやらです。

「演出家にうるさいなんて言うもんじゃないわよ」

「私に演出しろ、と言ったのはあなたでしょう！」

とうとう、親子で大喧嘩になってしまいました。でも、稽古が進むにつれ父はだんだんと私の言うことを聞いてくれるようになったのです。

父の娘役として共演したのは水谷八重子《みずたにやえこ》（二代目）さん。実の娘である私がほとほと感心するほど、父との息がぴったりでした。

この舞台がご縁で、小島政二郎先生の作品をずいぶんやらせていただくようになりました。

いろいろありましたが『なつかしい顔―君は今どこにいるの―』をやってみて、私は舞台の面白さにすっかり魅了されてしまいました。それが、今日までテレビのみならず舞台へと、私を駆り立てる理由だと言ってもいいかもしれません。

確かな仕事の手ごたえ、

大切な人を喪った哀情。

それでも

私たちの人生は続く……

第2章 喜びと悲しみと

私の同僚だった岩崎嘉一さんが橋田壽賀子さんと結婚する時に、橋田さんに約束させたことがありました。

それは「自分がいる時は、原稿用紙を広げないでくれ」というものでした。「脚本家と結婚したつもりはない」と言ったそうです。

ですから、橋田さんが脚本を執筆できるのは、岩崎さんが会社に行っている間、ということになります。夫が帰ってきたら仕事の手を止めなければいけませんし、書くことができません。旦那の居ぬ間に、橋田さんは一生懸命書いていました。

ついに「橋田火山」大噴火 真夜中に呼び出される私

私と橋田さん夫妻は、フロアこそ違いましたが、同じマンションの屋根の下に住んでいた時期があります。

岩崎さんはとてもワンマン、亭主関白な人でした。

それでも、橋田さんは「自分でプロポーズした」ようなものですから、結婚当初は、夫の言うことをなんでも聞いて、おとなしくしていたのです。岩崎さんはお酒が大好きな人で、仕事が終わると、ちょっと一杯ひっかけに行くことが多かった。年中遅く帰ってきていたようで、橋田さんはいろいろと我慢することが多かったのです。

「あんた、こぼすことないでしょう。自分で選んだ人なんだから」

たまに私の部屋に来ては、旦那の愚痴をこぼす橋田さんをその度に励ましました。ですが、とうとう大事件が起きたのです。

真夜中過ぎの三時頃、ぐっすり眠っていた私の耳に玄関の呼び鈴の音が聞こえました。夢かと思いましたが、確かに聞こえてきます。すっかり目が覚めた私には、そのピンポンという音がとても切迫したものに聞こえました。

玄関を開けると、そこには血相を変えた橋田さんが立っていました。

「来て、来て！」

寝ている人をわざわざ呼び出す時間としては、あまりにも常識外れな時間です。眠い目をこすってその理由をたずねると、どうも夫婦喧嘩をしたようです。

「あんたたちの夫婦喧嘩で、真夜中に呼び出される私……どうしようもないね」

半ば呆れながらも、彼女の求めに応じて、橋田夫妻の部屋に行きました。すると岩崎さんが、

「石井さん、見てくれよ」

と、これまた顔を紅潮させています。

「なあに？」

よく見ると、岩崎さんは布切れのようなものを手にしています。聞けば、橋田さんが岩崎さんの洋服をみんなハサミで切ってしまったようです。

「えーっ、会社行けないんじゃないの、これじゃ」

橋田さんの怒りの熱量が伝わってくるようです。どうも、岩崎さんが飲んで遅くなったことが、夫婦喧嘩の原因のようです。それにしても激しい。さすがにここまでするのはどうか、と私は思いました。

ただ、この時の橋田さんの気持ちはよくわかりました。お酒好きの岩崎さんが外で飲んでくるのが連日続いたので、とうとう我慢の限界を超えたのでしょう。結婚の時の約束もあって、岩崎さんが家にいる間は原稿用紙を広げるわけにはいかないのですから。フラストレーションも溜まりますよね。

橋田さんはイライラが嵩《こう》じて、爆発してしまったのでしょう。今なら、携帯電話で簡単に連絡できますが、当時はお店の固定電話か公衆電話しか、連絡する手段はありません。それでも連絡する気があるならしていたでしょう。亭主関白の岩崎さんには、その気がなかっただけかもしれません。

それにしても、犬も食わない夫婦喧嘩に巻き込まれる私の身にもなってほしいものです。溜まったマグマが地殻を突き破って噴火するように、大爆発した「橋田火山」でしたが、彼女があげてくる原稿は相変わらず素晴らしいものでした。

ドラマの種はどこにでもある『おんなの家』を着想した場所

橋田夫妻の大喧嘩の後のことです。私と橋田さんは時々会っては「その後、どうしてる？」なんて話をしていました。

二人で赤坂の炉端焼きのお店に入りました。若い男性が三人、焼き台の前で串を返したり、タレを塗ったり、団扇《うちわ》であおいだりしています。

私はピンと閃《ひらめ》くものがありました。

「ねえ、男性じゃなくて、炉端焼きのお店を、親父さんを亡くした女三人でやっているって設定のドラマできない？」

と、橋田さんにアイディアを話しました。

「日曜劇場でやるなら、女じゃなきゃ面白くない」

と私は思ったのです。男性より女性のほうが何かと騒動が起きる。姉妹の間での喧嘩もあるだろうし、店を訪れるお客との間のいろんな交流も描ける、そう思ったのです。

私のアイディアを面白がって、橋田さんが書いたのが東京下町の炉端焼き「花舎《はなや》」を舞台にした『おんなの家』（一九七四〜一九九三年）です。実際の炉端焼きのお店は男の子でしたが、それを杉村春子《すぎむらはるこ》先生（役名＝梅）、山岡久乃さん（葵）、奈良岡朋子《ならおかともこ》さん（桐子）の三人姉妹でやることになりました。

毎回、ささいなことから姉妹の間で喧嘩になったり、お店を訪れるいろんなお客さんとの交わりの中で起きるちょっとした事件とその顚末が描かれます。それがずっと一九九三（平成五）年まで続くシリーズになったのです。『おんなの家』の第一六回は、単発ドラマとしての日曜劇場のラストを飾ることにもなりました。

自分はどう生きたいのか……
行き着く答えは同じところ

『おんなの家』が始まってまもなく、私にも人生の転機が訪れました。一九五七(昭和三二)年に、テレビにかかわるようになってから、流れた月日は、はや一七年になろうとしていました。気がつけば五十路《いそじ》もそう遠くない年齢になっていました。頭の片隅で、定年の二文字がちらつきました。

「定年だからこの仕事を辞める。辞めなければならない……」

会社にいれば定年があり、退職の日を迎える。自分自身がどう生きたいかを考えた時、やりがい、生きがいを感じているドラマ制作の仕事を、求めてくれる人がいる限り、やり続けたい。そう思ったのです。しかし、正社員として働く限り、会社の制度に照らしてそれは叶わぬ思いでした。

「そういう縛りは嫌だ！」

そのことに私はモヤモヤしたものを感じていたのです。

自分がどう生きていくかを考えさせるものが、もう一つありました。それは舞台の演出です。父・伊志井寛が出演した『なつかしい顔―君は今どこにいるの―』の演出をしたのがきっかけで、舞台とかかわるようになったのですが、その後もご依頼をいただき、演出する機会が増えていいました。

私の中で、テレビドラマのプロデュースと舞台演出、その両方をやりたいという気持ちも出てきていました。

現在に至るまで、私は四〇〇本ほどの舞台を演出していますが、「俳優と観客とが一体になれる」舞台は本当に面白いと、心からそう思います。

私がやりがいを感じ、生きがいだと思えるのは、「ドラマ制作のプロデュースであり、舞台の演出」だと、何度考えても行き着く答えは同じでした。

私は社長と話をすることになりました。当時の社長は、私がこの業界、この会社に入るきっかけを作った諏訪博さんでした。いろんなやりとりがありましたが、私が何を願っているのかを諏訪さんはわかってくださいました。

そして、新しい形態で雇用契約を結ぶことになりました。私の「求められる限りは、いくつになってもドラマ制作、そして舞台の演出にかかわりたい」という願いは叶うことになったのです。ありがたいことに、契約は現在に至るまで更新され続けています。

テレビにないものを舞台で吸収、舞台のいいところをテレビに

立場が変わったことで、気持ちが楽になったこともあります。

たとえば「舞台で私が必要だ」という時に、これまでは松竹さんや東宝さんからTBSへ、「何日から何日まで稽古で」「何日、初日の舞台の演出をお願いしたい」という公文書を、出してもらう必要がありました。そうした書類が必要だったので「社員のまま続けては、いけないかな」と思う気持ちも私にはありました。ですが、立場が変わることで公文書がいらなくなったのです。

また、テレビ局の人たちが、舞台を見に来てくださるようにもなりました。私の気持ちとしては、

「ドラマの仕事をきちっとやる。舞台もきちっと務める」

と、身が引き締まる思いでした。テレビにないものを舞台で吸収して、舞台のいいところをテレビに取り入れようと、心に期するものがありました。

舞台と映像とは、当たり前ですが違います。舞台の場合は、上手《かみて》から下手《しもて》の中で演じますし、テレビとは観る側の観え方も全く違います。視覚の広がりも両者では全く異なります。だから、同じ作品であっても、テレビと舞台とでは表現が違わないといけません。舞台では舞台に合った演出を、すみずみまで考える必要があります。

けれども、同じだと思うこともあります。それは演じているのは人間だということ。

私は常々「人間」と書いて「ひと」と読む、と捉えています。「間」という字は、人と人をつなぐ「心」だと思っています。心とか愛とか優しさ、そうしたものを感じる舞台が、最近あまりないのが気にかかります。ハートのない舞台は、見ていてもつまらない。ただ、面白く笑っているだけです。

橋田壽賀子さんの脚本で一九七八（昭和五三）年の初演以来、何度も上演している『かたき同志』という舞台があります。

初演の時は京塚昌子さんと山岡久乃さんでしたが、近年では二〇一五（平成二七）年の時は藤山直美《ふじやまなおみ》さんと三田佳子《みたよしこ》さんが、二〇二一（令和三）年は泉《いずみ》ピン子さんと坂本冬美《さかもとふゆみ》さんが、まさに「人間」を演じてくださいました。

飲み屋の女主人と呉服商の女主人は、わが子可愛さゆえに、お互いに憎しみを抱き、双方の親としての意地がぶつかり合います。笑い、泣き、溢れる人情味が、観客のみなさんの熱い共感を呼びさまします。心を揺さぶられるのは、演者が「人間」をちゃんと演じられた時なのです。

その演じるための土台は、企画であり脚本です。「面白い。ぜひ、やらせてください」と俳優さんが言いたくなるような脚本が大事。「これをやったら損だ」と思ったら、俳優さんだって仕事を受けません。

向田邦子さんと橋田壽賀子さんの違い

書き手によって脚本もさまざまです。たとえば向田邦子《むこうだくにこ》さんがお書きになる脚本は、ラブレターのような感じ。テーマへの向き合い方が、向田さんは割とふわっとした人でした。橋田壽賀子さんは、テーマに向かって突進していきます。彼女は、脚本を書き始める前に、頭の中で組み立てて、バアーッと書き始める感じです。

橋田さんの字は誰にでもちゃんと読めました。原稿が読めない方って意外と多いのです。向田邦子さんの原稿は目慣れしていないと読めないので、印刷屋さんでは決まった方が担当していたほどです。

橋田さんと向田さんの違いは、他にもありました。それは締め切りのことです。橋田さんは、締め切りより早く原稿をあげてきます。向田さんはその真逆でした。けれども、あがってくる原稿は、どちらも本当に素晴らしかった。

ひらがなを好んでタイトルに使う理由

ドラマのタイトルについてお話ししたいと思います。私は日本人ですし、女性ですから、「ひらがな」と「漢字」の組み合わせには、こだわりたいと思ってきました。

たとえば、橋田さんとの『おんなの家』ですが、タイトルにやさしい印象を持たせたいと思いました。だから「おんな」は漢字ではなくひらがなを使い、「家」を逆に漢字にすることで、きゅっと締めるようにしたのです。ひらがなだけでは、ぼうっとした感じになってしまいます。

この仕事を始めた頃から、なんとなくそういう感覚はあったようですが、それは私の育った環境のせいかもしれません。

私は下町の生まれで、祖父母と育ちました。小さい頃から花柳界のいろんなことを教わりましたし、帳面づけをしていた祖父から筆遣いの手ほどきを受けました。今でも筆で書くほうが楽なほどです。

私の名前も本当は全部ひらがな。「石井ふくこ」が本当の名前です。けれども、「こ」だと締まらないので、芸名として「ふく子」にしています。

おなかの傷に込められた真実
母の臨終に揃った〝三姉妹〟

『おんなの家』がスタートして五回、六回と回を重ねた一九七六(昭和五一)年、私をこの世に生み出してくれた母が亡くなりました。

この頃、本当に忙しかったことを憶《おぼ》えています。日曜劇場に限って数えても三二本、手がけました。

そんな最中に、母は入院していました。

母は不思議な人で、実子の私などより、家に遊びに来る女優さんたちと親子のように仲睦まじくしていました。とりわけ、森光子《もりみつこ》さんや大原《おおはら》麗子《れいこ》ちゃんは、ことのほか母を慕ってくださっていたので、

「長女は森さん、次女は何にもしてくんないけど、ふく子。三女が麗子ちゃん」

と、母はよく言っていました。とても忙しい中、暇を見つけては訪ねてくださる森さんたちのために、お茶碗やお湯呑み、箸に座布団まで揃えていたぐらいです。

なかなか時間を作れない私の代わりに、長女と三女が本当によく母の面倒を見てくれていました。

「あんた忙しいんだから、行って、行って」

と、病人の母に私が気遣われるほどでした。

母が亡くなったのは、父の死から四年後のことです。

父はお酒が好きだったので仕方がないですが、全然飲まなかった母が同じ肝臓の病気に罹《かか》るなんて……。飲まないのにどうしてそうなるのでしょう。そういえば、父が亡くなった折にも森光子さんと大原麗子ちゃんが、母を一生懸命、慰めてくれたことを思い出します。

母の臨終の時、ふだんはなかなか揃わない〝三姉妹〟が枕元に並びました。最後の力をふりしぼるように母は言いました。

「誰が主役？」

森さんと麗子ちゃんが、まるでせりふのように同じことを言いました。

「ママが主役よ」

母はとてもご機嫌な顔で、こっくりとうなずき、幸せそうな顔で逝きました。

母はいつも、

「私は女として生きたい。母親としては生きたくない」

そう言っていました。そんな母と、亡くなる一年前に一緒にお風呂に入ったことがあります。その時、母のおなかに傷があるのを見つけました。傷の理由を聞くと、帝王切開の痕《あと》だと母は答えました。一生、人に恵まれる「天一天上の日」に私は生まれたと先に書きましたが、わざわざその日に私を産むために帝王切開したのだと、私は初めて知ったのです。本来の出産予定日は二週間以上も後だったそうです。

「何としても、その日におまえを産みたかったんだよ。子どもに何にもしてやれない私の先払いなんだよ」

母は私の目を見て、そう言いました。母の思いは正しかった。なぜなら、私はドラマ制作そして舞台の演出にあたってきて、本当に多くの巡り逢いがありましたから。

『女たちの忠臣蔵　いのち燃ゆる時』たった一行の記述が光明に

日曜劇場の一二〇〇回記念番組となった『女たちの忠臣蔵　いのち燃ゆる時』（一九七九年）は、私にとってても橋田壽賀子さんにとっても、印象深い作品です。

どんな作品をやるか検討する会議で、「一二〇〇回の記念番組は戦争のドラマをやりたい」という話が出たのです。近ごろはめっきり「開戦の日」という言葉を聞かなくなりましたが、日本がハワイの真珠湾を奇襲して太平洋戦争を始めたのが一九四一年の一二月八日。一二〇〇回記念番組の放送予定は一二月九日で、「戦争を題材に……」という提案の背景には、このことが頭にあったのだと思います。

「戦争を題材にしたドラマは作りたくない」

私は会議の席でそう言いました。戦争ものはそうたやすくできるものではありません。変にやってしまうと制作意図と逆の意味になってしまうことだってあり得ます。それでも、記念番組はやりたいという意向だったので、テーマを考えさせてほしいと言いました。

戦争は人を不幸にするものです。戦いに行く男性を送り出す女性にとって、多くの犠牲がともないます。

「『忠臣蔵』だって、女性が堪《こら》えて、四十七士の目的を叶えさせたという意味では、戦争と同じじゃないか」

私はそう思いました。テレビでも映画でも「忠臣蔵」はたくさんあります。でも、女性からの視点で描かれたものはありませんでした。

浅野内匠頭《あさのたくみのかみ》に忠義を尽くした四十七士は、艱難辛苦《かんなんしんく》を味わったけれど、吉良上野介《きらこうずけのすけ》の首を討つことで、いわゆる武士の本懐《ほんかい》を遂げることができた。でも、残された妻や子は、そして母はどうなのか……。そのあとどう生きていけばいいのか。内匠頭の正室の瑤泉院《ようぜんいん》だって、本心では仇討ちなど望んでいなかったのではないか。

女性たちの心情が伝わるような「家族」のドラマにすることで、記念番組の趣旨に応えることができると考えたのです。


「女たちの『忠臣蔵』をやりたい」

という話を持っていくと、視点が斬新なこともあって、とても好意的に受け入れられました。けれども、私がイメージした切り口に適した原作がほとんどないのです。瑤泉院や大石内蔵助《おおいしくらのすけ》の妻・りくについて書いたものは、もちろんあります。が、それだけだと少しも面白くない。

四十七士にかかわった女たちが、どんな思いで大切な人を送り出し、自分たちはどんな苦労したのか。それを、描かなくてはと思ったのです。

それにしても、女性の視点、女性の気持ちで描く新しい「忠臣蔵」のヒントになりそうな素材があまりにもない。「これは、もうオリジナルしかない」そう思った私は、

「『忠臣蔵』で、愛する夫や息子、兄弟を、失いたくない。そんな女ごころを描いてほしい」

と、いろんな作家に聞いてみたのですが、

「う〜ん、難しいね」

という反応しか返ってきませんでした。ドラマ化は難しいかな……と思いましたが、ふと橋田さんの顔が浮かんだのです。そこで、

「これ以上、犠牲者を出したくない、仇討ちはしてほしくない、という瑤泉院の気持ちを主軸にしたい」

「あんまり基になるものがないのよ。でも、どうしてもやりたい！」

と、私の思いを伝えると、

「乗った！」

橋田さんがいつもの調子で言いました。乗ってくれるのはありがたいけれど、

「あんた、ちゃんと目的わかっているの？」

「戦いをしたくない、行ってほしくない、という気持ちは、戦争への出征を見送る女性たちにも、『忠臣蔵』の元禄時代の女性たちにも、同じようにあった。そういうふうに解釈しながらやりたいんだけど」

私の意図をわかっているか確認すると、

「わかってる。私も、瑤泉院は仇討ちなんかしてほしくなかったんじゃないかと思うわ」

橋田さんはそう答えたのです。

そこから二人で「忠臣蔵」に関する講談本や小説、残された数少ない記録などにあたりましたが、四十七士絡みの女性では、瑤泉院や大石りく、堀部安兵衛《ほりべやすべえ》の許嫁《いいなずけ》のことくらいしか記述がなく、他の女性たちについて書かれたものは見つけられませんでした。

光明がさした気持ちになったのは、四十七士の一人の大石瀬左衛門《せざえもん》に目の見えない姉がいた、というたった一行の記述を見つけた時でした。

「これだ！」

この姉の物語を膨らませようと考えたのです。

目の見えない姉を置いては行かれない。けれども、主君の仇を討って武士の本懐を遂げたいと思う弟――その気持ちをわかって行かせてやろうとする姉。姉弟の家族愛です。

シーンを考えていくにあたって思い浮かんだことがあります。それは佐良直美《さがらなおみ》ちゃんのお母さんの姿でした。

私が彼女のコンサート会場に差し入れを持っていった時のことです。楽屋を訪れると、彼女はリハーサルで舞台に出ていてお母さんがいらしたのです。見ると、お母さんは巻紙に「佐良直美、佐良直美、佐良直美……」と一生懸命、娘の名前を書いています。

「何をしているんですか？」

思わず私はたずねました。すると、

「無事に終わるように名前を書いて祈っているんです」

と、お母さんは答えたのです。

この佐良直美さんのお母さんの心情は、

「大石瀬左衛門のお姉さんの気持ちと重なる」

と思いました。弟を心配して、その名前を綿々と書き続ける目の不自由な姉の姿。どんなにか観る方々は心を打たれるだろう、と。

『女たちの忠臣蔵　いのち燃ゆる時』は魂を込めて作りあげた作品

「東芝日曜劇場」はとてもきちっとしていて、必ず月に一度、局とスポンサーで会議がありました。その会議で向こう三か月の単発ドラマを決めていったのです。

けれども『女たちの忠臣蔵　いのち燃ゆる時』の時は、この会議だけでは決められないだろうと思い、東芝さんに直接話をしに行きました。

「戦争のドラマとおっしゃられていますが、『忠臣蔵』も戦いです。それに時代劇で演じたほうが、いいんじゃないかと私は思っています」

とお伝えすると、

「わかりました。みんなが立ち止まって観るようなドラマができますか？」

担当の部長さんが、私にそうお尋ねになりました。さすがに、そんな保証は私にもできませんが、ここは「できる！」と請け合うしかないでしょう。ですから、

「はい」

と、即答したのです。

橋田さんと二人で、資料のないところから精緻に準備を積み重ねたのです。今までにない視点で「忠臣蔵」を描くことができるはず、という自信はありました。

「じゃあ、やってください」

部長さんは了承してくださったのです。

放送翌日の朝、私は東芝さんに飛んでいきました。

「ありがとうございました。すごい反響がありました」

とお伝えすると、

「よかったですね！　私も立ち止まって観ましたよ」

と、言ってくださったのです。そして、四二・六％と日曜劇場で最高の視聴率がとれた、と言って喜んでくださいました。

登場人物を絞って構成した舞台版『女たちの忠臣蔵』

『女たちの忠臣蔵　いのち燃ゆる時』は、放送の翌年に『女たちの忠臣蔵』として、舞台でもやりました。同じ題材でもテレビと舞台では違う手法をとっています。

テレビでは、群像劇として大勢の登場人物それぞれのエピソードを見せました。四十七士の大願成就の陰にいる、いろんな立場の女性たちの思いを描くことで、観ていただいた方々が共感できるようにしたいと考えたのです。撮影したシーンを編集でつなぎ、場面を切り替えて登場人物の心情を伝えました。テレビだからこそできる手法です。

一方の舞台は、空間が限られています。また、セットも場面ごとに換えていかなければなりません。とてもテレビでの群像劇のようなやり方はできない。そこで登場人物を絞ることにしたのです。

浅野内匠頭の正室だった瑤泉院、大石内蔵助の妻・りく、恋人の磯貝《いそがい》十郎左衛門《じゅうろうざえもん》が四十七士とは知らず吉良邸の図面を渡してしまう大工の娘・しの、夫・間十次郎《はざまじゅうじろう》の大業《たいぎょう》のために遊女に身をやつしてお金の工面したりえ、大石瀬左衛門の目が見えない姉・つねの五人です。

そして、舞台用の演出として考えたのが、仇討ちの成就を祈るりくが、一心不乱に水垢離《みずごり》をとるシーンでの「太鼓とスポットライト」の効果です。

スポットライトに浮かびあがるりくの姿。討ち入りを告げる太鼓が鳴り響きます。太鼓はひと呼吸置いて、またドーンと鳴ります。太鼓が鳴るごとにりくの背後に、瑤泉院、しの、りえ、つねの四人がスポットライトで浮かびあがるのです。太鼓で「聴覚」に、スポットライトで「視覚」に訴え、それぞれの女性たちを印象づけました。

テレビにはテレビの、舞台には舞台の、それぞれ適した表現方法がありますす。大切なことは「心が伝わる」こと。そして「共感していただける」ことなのです。

戦争は人間を不幸にしかしない
私がドラマで戦争を題材にしない理由

戦争を題材にしたドラマを、私はこれまでやってきませんでしたし、これからもやるつもりはありません。

私には、今なお心の傷として残っている戦争体験があります。思い出すだに、胸がしめつけられ、苦しくなります。

戦時中、私は女学校に通っていました。が、一週間に一度、土曜日しか学校で勉強ができず、週の大半は錦糸町にあった精工舎《せいこうしゃ》（現在のセイコーホールディングス株式会社）の工場に勤労奉仕に行っていました。

空襲警報が鳴ると、私たちは隊列を組んで防空壕へと向かいます。班長が列の最後尾につき、副班長が先頭に立ちます。私は副班長でした。

ある時、空襲警報が鳴ったのですが、私は事情があって集合場所に遅れ、先頭ではなく最後尾につくことになりました。その時……戦闘機が急降下してきて機銃掃射をしたのです。列の先頭にいた班長とその後ろにいた二人はこの時、亡くなりました。私は目の前で友人が死ぬのを目《ま》の当たりにしたのです。

亡くなった友だちの家に、担任の先生とご報告に行った時のつらさ。

今でも忘れられません。自分が死んだほうが楽だった、という気さえしました。ＪＲ錦糸町駅のそばに錦糸公園という大きな公園が今もありますが、ここには空襲の犠牲となったむごたらしい死体が、山になっていました。

戦争を知らない方は、ドラマとして再現できるだろうけど、私たちはあまりにも現実的なものとして、戦争を受け止めている。

こんな体験をしているので、戦争を題材にしたドラマを私は作れません。作りたくありません。戦争によって「家族」そして「女性」がどのような境遇に置かれるかを、考えてしまうからです。

父や夫や兄弟たち、そして恋しい人を「お国のため」と送り出したあの戦争。ある日、無言で帰宅した白布で包まれた空っぽの木箱……。戦時中の女性たちと「忠臣蔵」の女性たち、残される女性たちの姿が私の中では重なります。その心情に違いはないと私は思うのです。泣くに泣けず、どう生きていったらいいのかわからず——。

戦争は人間を不幸にしか、しないのです。

"三姉妹"が初めて仕事を一緒にした『花のこころ』

橋田さんの脚本で一九八五(昭和六〇)年に放送された『花のこころ』も、印象深い作品です。主人公は四代将軍徳川家綱《とくがわいえつな》の生母となった貧しい農民の娘「おらん」で、その数奇な人生を描いています。

日曜劇場一五〇〇回記念として放送されましたが、大原麗子ちゃんを主人公のおらんに、石坂浩二《いしざかこうじ》さん、佐久間良子《さくまよしこ》さんなど、日曜劇場を支えてきてくださった俳優さんがまさに勢揃いしました。

大奥を描くわけですから、着物なども豪華絢爛《けんらん》でないとその世界観を感じてもらうことはできません。一時間ドラマ一五本分の制作費がかかった超大作になりました。

母が亡くなった頃でご紹介した〝三姉妹〟（長女・森光子さん、次女・私、三女・大原麗子ちゃん）が、初めて仕事を一緒にした作品でもあります。この作品では、森さんが主人公のおらんを見出す春日局《かすがのつぼね》の役を演じています。〝長女〟と〝三女〟が関係の近しい役柄を務めてくれたのです。


このドラマは幸せとは何か、を問いかけています。

身分の低い女性が大奥にあがって将軍の生母になる、というのは、はた目にはサクセスストーリーに映るかもしれません。けれども、大奥に入るということは、大切な人と別れることでもあります。また、夫にあたる三代将軍家光《いえみつ》は、おらんが嫡男竹千代《たけちよ》を産むと、急に側室を何人も置くようになります。

将軍の子どもを産めば、その後の人生の安泰は保証されたようなものです。そのことに幸せを感じる人もいれば、夫に愛されているか否かに幸せの尺度を求める人もいるでしょう。おらんは大奥を去りたい、と願うのです。

自分が手がけたドラマで泣いたことはそれまで一度もなかったのですが、私はこのドラマを見て涙が溢れ、止まりませんでした。

年の暮れも年明けも「橋田作品」が続く

年をまたいで、引きも切らず橋田さんとの仕事が続いた時期がありました。

それは、一九八六（昭和六一）年の年末から翌年にかけてです。『旦那さま大事』の放送が、私にとってはいわば仕事納めにあたり、新年の幕開けが「愛の劇場」の連続テレビドラマ『ああ家族』で、二月には明治座での舞台『旦那さま大事』。どれも、橋田さんの原作あるいは脚本でした。

ここでは『旦那さま大事』をご紹介しましょう。

「橋田壽賀子ドラマスペシャル」と銘打たれた『旦那さま大事』は、内助の功で夫の山内一豊《やまうちかずとよ》を支えた千代《ちよ》の話です。千代役は佐久間良子さん、山内一豊役は西田敏行《にしだとしゆき》さん。

NHKで大河ドラマ『いのち』を執筆後、橋田さんが初めて書いた脚本でもありました。その執筆中に夫の岩崎さんが入院、手術をするということもありましたから、精神的にも体力的にも相当大変な中で、『旦那さま大事』を書いてくれたのだと思います。

「山内一豊の妻」の話は、妻のあるべき姿の理想形として、美談のように古くから伝えられてきた話ではあります。でも『旦那さま大事』では、自分以外の人への〝心遣い〟や〝思いやりの心〟を描くことで、何かを感じていただけたらと私は思ったのです。

「旦那さまを大事にすることは、自分を大事にすること」

「他人を大事にして、初めて自分も大切にしてもらえる」

これが、このドラマを通して伝えたかったことです。この時代劇を通して、〝思いやりの心〟が伝わればよいと思いました。

明治座で上演された舞台『旦那さま大事』は、タイトルこそ山内一豊の妻を主人公としたテレビの『旦那さま大事』と同じですが、内容は「おんな太閤記」です。

ねね役に香川京子さん、秀吉《ひでよし》役が小島秀哉《こじまひでや》さん、秀吉の妹・あさひ役で泉ピン子さん。そして赤木春恵《あかぎはるえ》さん、沢田雅美《さわだまさみ》さん、大和田獏《おおわだばく》さん、池上季実子《いけがみきみこ》さんなどに出演していただきました。

私が演出するにあたって、橋田さんにこう言われました。

「あなたにすべてお任せします」

「どうぞお好きなように」

「脚本にとらわれずに」

全幅の信頼で万事任せてもらえるのはありがたいことです。うれしいです。が、緊張感もあります。それを超えて脚本に書かれたストーリーを活かし、俳優さんたちを輝かせ、観にいらしたお客様を引き込むのが舞台での私の仕事です。せいいっぱい務めさせていただきました。

橋田さんが思わずもらした弱音
相談を受けた私の答えは……

私が橋田さんとの仲をとりもった岩崎嘉一さんは、橋田さんにとって何より大切な伴侶であり、よき理解者でした。彼の後押しを受けて、私との仕事はもちろんですが、NHKの大きな仕事を橋田さんは引き受け、頑張っていました。

主だったものだけでも、大河ドラマ『おんな太閤記』（一九八一年）、連続テレビ小説『おしん』（一九八三年）、銀河テレビ小説『男が家を出るとき』(一九八五年)、大河ドラマ『いのち』(一九八六年)など、多くのヒット作品を書いていています。

そんなヒットメーカーの橋田さんに新たな大河ドラマの依頼が来ていました。『春日局』(一九八九年)です。けれども、橋田さんは仕事を受けるのを躊躇《ちゅうちょ》していました。岩崎さんが入院していたからです。

橋田さんは夫に尽くす人でしたから、自分で看病をしたかったのです。脚本の執筆でとても忙しかったにもかかわらず、まめに岩崎さんの病室へ顔を出していました。そんな橋田さんに、

「帰って、帰って」

「書け、書け」

と、岩崎さんはそう言って、橋田さんを帰らせようとしていました。

彼も同じ業界に身を置いていた人ですから、

「仕事をさせてやりたい」

「求められるのであれば、脚本を書けよ」

という気持ちがあったのです。自分に構わず、橋田さんに仕事をしてほしかったのだと思います。年中喧嘩をしている夫婦でしたが、お互いに深く思い合っていたのです。

ある時、私は橋田さんから相談を受けました。引き受けた大河ドラマ『春日局』を降りようと思う、と言うのです。彼女が何を考えているかは、聞かずともわかります。

「ダメよ」

「絶対、降りちゃダメ」

わかっているからこそ、あえてこう言いました。

「でも、つらいよ……」

と、橋田さんは言いました。

「つらいだろうけど、書きなさい」

「岩崎さんは、あんたに仕事させたいのよ。あんたが断ったら、自分の病気が深刻なんだと思うから、絶対降りちゃダメ。やんなさい！」

彼女が聞きたい答えと真逆のことを、私は重ねて言いました。

「わかった……」

決心したように、橋田さんは答えました。

実はこの時、岩崎さんは肺ガンに侵されていて、病魔が容赦なく体を蝕《むしば》んでいました。けれども、彼は自分の病気について本当のことは知らなかったのです。橋田さんが仕事をセーブし、岩崎さんの傍らで看病にあたれば、重大な病気であることに気がついてしまいます。

不治の病を告知する、しない、は本当に難しいことです。告知を受ける側にどんな影響があるか、つかみがたいものがありますから。橋田さん自身、いろいろと悩んだことでしょう。肺ガンだとわかれば、さすがに岩崎さんが落ち込むことが予想されました。

こうして、橋田さんは大河ドラマを降りることを思い止《とど》まりました。

「なんかあったら、いろいろアドバイスしてね」

もちろん、私もそのつもりでした。ふだんから、橋田さんは他局の仕事でも私に相談することが多かったのですが、この時、自分が彼女のためにできることを、できる限りしてあげよう、そう思いました。

帰らぬ人となった岩崎さんを見送る

一九八九(平成元)年九月二七日、『春日局』放送の最中、橋田さんは人生の伴走者だった岩崎さんを喪ってしまいました。それでも大河ドラマの脚本は完走したのです。

前の年に肺ガンがわかってから亡くなるまで、どれだけ大変だったでしょう。本当に苦しい状況の中、一生懸命書いたと思います。

財産管理のことは、夫にすべてまかせきりだった橋田さんです。管理していた人が亡くなってしまったので、お葬式にあたって困ったことになりました。橋田さんの手元には一銭もありません。

「どうしよう……」

彼女は途方に暮れていました。そうでなくとも、喪主は何かと忙しいものです。私は銀行へ行って、自分の口座から葬儀費用を下ろして彼女に渡しました。

「これで、取りあえずなんとかなるでしょ」

「わざわざ……。あんたに立て替えてもらって悪いわね」

困った時はお互いさま。彼女の役に立つことができてよかったです。

舞台版『春日局』を手がける再演で加えた新たな演出

岩崎さんが亡くなっておよそ二か月後、佐久間良子さん主演で舞台『春日局』が帝劇で公演されました。一二月二日が初日、二八日が楽日。脚本はもちろん橋田さんです。

この年、NHKで大河ドラマ『春日局』が放送されていましたが、脚本はその放送時間五〇時間のテレビドラマを三時間の舞台用に書き直したものなので、大河ドラマとはかなり違った作品になりました。

大河ドラマでは大原麗子さんが春日局を演じていましたが、佐久間さんは橋田さんがテレビの脚本を書いている時から、「ぜひ舞台でやってみたい」と橋田さんにお願いしていたのです。

ちなみに佐久間さんは、大河ドラマでは大原さん演じる春日局の母・お安《あん》として出演されていて、舞台ではそのお安の役を香川京子さんが演じました。

舞台では、「生みの母」と「育ての母」の葛藤を軸に、ストーリーが展開していきます。長山藍子さん演じるお江与《えよ》(将軍家光の生母)と、乳母である春日局(おふく)、二人の母をクローズアップする。これが橋田さんと佐久間さん、そして演出の私とで誕生させた、テレビとは違うかたちでした。

この舞台、二〇一五(平成二七)年にも明治座で上演しました。この時はお江与を一路真輝《いちろまき》さん、春日局を高島礼子《たかしまれいこ》さんに演じていただきました。

演じる人が替われば、舞台も変わります。台本では、亡くなったお江与の墓前に春日局をはじめ人々が集う、というものでしたが、私は少しアレンジを加えました。

参詣に来た人々が舞台からはけた後、春日局だけが花道へと向かいます。すると、春日局に呼びかけるお江与の声が聞こえてくる。思わず春日局が振り返ると、光を浴びた桜がはらはらと花を散らしている……という趣向です。

高島さん演じる春日局が花道に行けば、お客さまの視線は自然と高島さんに集中します。その間にお墓を下げて、仕込んであった桜にパッと照明をあてたのです。

客席で観ていて、私は「この舞台はとても美しいな」と思いました。自画自賛ではなく、「人間の心」が美しく映っていると感じたのです。

舞台でも、テレビでも、大切なことは「心を伝える」ことです。文明がどんどん進歩し豊かになっていく一方で、残念ながら心がどんどん貧しくなっている現代です。日本人がもっと心豊かに生きていた時代の人々を描く時代劇をちゃんとやっていかないといけない。そんな気持ちになったことを思い出します。

家族のドラマは
まさにサスペンス。
私と橋田さんが
いつも語り合ってきたこと

第3章

「渡る世間」と私たち

一九八九（平成元）年、橋田さんの夫、岩崎さんの葬儀が築地本願寺《つきじほんがんじ》でしめやかに執り行われました。

私の古い友人でもあった彼は、TBSの制作局を定年で退職、第二の人生に向かって歩きだしていました。立ちあげた「岩崎企画」でTBSの金曜ドラマ『大家族』などをプロデュースしています。最期まで肺ガンであることを知らなかった彼が亡くなったのは、定年からわずか五年後のことでした。

「今まで生きてきた中で、これ以上の苦しみはなかった」

橋田さんは、死別の苦しみを、心に抱いていました。

私は、できる限り彼女のそばについていてあげたいと思いました。彼女にとって亡くなった岩崎さんは、自分でプロポーズしたも同然の人です。心に大きな穴が空いたような気持ちだろうなと思って……。ですから、可能な限り彼女の様子を気にするようにしていました。

ふだん橋田さんとは、思ったことを口にして、喧嘩さながらのやりとりをしていましたが、さすがに岩崎さんが亡くなられて間もない時期は、どうしても気遣いの方が先に立ちます。彼女はもちろん仕事相手ではありますが、友だちとしての私が前に出る感じでした。

一年間、好きなものを作ってください
『渡る世間は鬼ばかり』誕生の裏側

その頃の私はといえば、相変わらず日曜劇場はじめ、さまざまなドラマをプロデュースし、舞台の演出も精力的に手がけていました。

橋田さんもNHK大河ドラマ『春日局』の脚本をようやく書き終わったぐらいの時期だったように思いますが、後に『渡る世間は鬼ばかり』という名前で放送される新しいテレビドラマと私たちを結びつける、大きな出来事が起きました。

日曜劇場を、「連続ドラマでやる」という方針が打ち出されたのです。前にも書いたように、日曜劇場には「一話完結」という大きな特徴がありました。ですから、私はきっぱり、

「連続ではやりません」

と言いました。いろんな思いはありますが、中途半端にはしたくない。だから、私はプロデューサーを降りる決心をしたのです。

私は香港へ飛びました。正直なところ出無精なところがあり、旅もそんなに好きなわけではありません。でも、気分を変え、心を整えるために、ちょっと日本から離れてみようと思ったのです。

ところが、編成の人が追いかけてきて、

「一年間、好きなものを作ってください」

と、思いがけないことを言いました。

自分のやりたいことをやっていい……その言葉で、自分の気持ちに何

か微妙な変化が起きるのを感じました。

編成もわかっていたでしょう。私がやるなら、「家族のドラマ」だということは。ただ、ひと口《くち》に家族といっても、その時代、時代でそのかたちは変わっていく。今の時代に合った、観る方々が共感しやすい、登場人物に感情移入できる、日曜劇場とはまた違うホームドラマをやりたいと思いました。

「わかりました」

やろう、という気持ちになれた私は、そう答えました。作家や脚本家についても確認しましたが、

「石井さんが一緒にやりやすい人で結構です」

脚本は誰にお願いしようか……真っ先に頭に浮かんだのは、やはり橋田さんでした。

帰国後、さっそく彼女に連絡して、事の経緯を話しました。

「頼まれちゃったんだよねぇ……」

するど、彼女は言いました。

「一年っていいじゃない！」

「あんた、いいじゃないって言うけど、これからいろいろ考えなきゃいけないんだよ。大変じゃない！」

準備の大変さを思って、私はそう言いました。

当時のテレビドラマといえば、いわゆるトレンディードラマ、恋愛ものが大ブーム。ゴールデンタイムのドラマは二〇代から三〇代の未婚男女の好みに合わせたようなものが大半を占めていました。その中で、どんな新しい「家族」を描くか。アイディアの出し合いに熱が入りました。

大きな仕事をやることで橋田さんに元気になってほしい

私が橋田さんに脚本を頼もうと思った理由は、他にもあります。

この新しい「連続ドラマ」の話が浮上した時、橋田さんは夫の岩崎さんを亡くして、心寂しい時でもありました。ですから、大きな仕事をやることで「元気になってほしい」という気持ちがあったのも確かです。また、亡くなった岩崎さんも、橋田さんが仕事をしていたほうがいいと思うだろうな、とも。

ですから、彼女が「私、乗った!」「やらせてください」と答えてくれた時は、本当によかったと思いました。

そして、心強くも思いました。あまり知らない人と一年間ドラマをやるのは、私もやはり心配です。橋田さんなら、言いたいことをお互いに何でも言える人ですし。ほかの方だと、こちらが少し遠慮して頼まなきゃいけないこともいろいろあります。

橋田さんも私と同じように思っていたと思います。お互いにとって気の置けない相手、それが私と橋田さんでした。

家族のドラマはまさにサスペンス。「ガチャガチャしてうるさい」姉妹

『渡る世間は鬼ばかり』は好評を博して、第一シリーズにとどまらず回を重ね、その合間にいろんなスペシャル番組も作られましたが、三〇年近くこの番組が続く中で、いつも私と橋田さんが語り合い、自問自答していたのは、「家族をどう描くか」ということでした。

戦前は三世代がともに暮らすのが普通で、戦後になると「核家族」という言葉に象徴されるように親子、あるいは夫婦だけで構成されるかたちが急速に一般化し、それがスタンダードとなっていきました。

もちろん、親子だけで構成される家族にも、両親が揃っている、父はいないけど母はいる、その逆もあるなど、そのかたちはさまざまです。

水前寺清子さん主演の『ありがとう』（一九七〇年）など、お父さんのい

ない家族、あるいはお母さんがいない家族、そういう家族のドラマも私は手がけています。

けれども、新しいドラマではいわゆるサラリーマン家庭を舞台にして、お父さんもお母さんもいて、子どもたちがいる、そんな家族のかたちをベースにしたい。そう思ったのです。

子どもは全員、女性がいいだろうと私は思いました。間に一人、男性が入ってもいいかとも思いましたが、橋田さんに意見を聞くと、

「男は結婚すると、うちから離れちゃう。だから、やっぱり女だけのほうがいいよね。五人姉妹にしましょうよ！」

橋田さんはそう言いました。

確かにそうなんです。お嫁さんができると、どうしても男性はそっちに引っ張られがち。そうすると、子どもたちの「きょうだい」感がなくなってしまう……。

女性はというと、実家にいろんなものを持ち込んでくる。良いことだけではなく、困ったことも。それがドラマの展開をふくよかに広げてくれるのです。

「女はガチャガチャしてうるさいけれど、女だけにしよう」

橋田さんも私と思いは同じだったので、『渡る世間は鬼ばかり』の中心となる岡倉《おかくら》家の子どもたちの構成は「五人姉妹」になりました。そして、必然的に姉妹それぞれの「女の生き方」が描かれていくことになったのです。自分自身がどう生きていくのかはもちろんですが、夫や子どもたちとの間で巻き起こるあれやこれやを、どう解決していくのか。まだ結婚していない子は、どんな人と結婚するのかしないのか。自分にとっての「幸せとは何か」もテーマとなっていきます。

家族のドラマはまさにサスペンス。傍から見たらささいな出来事かもしれない一つひとつが、本人にとってはとても重大ですし、巻き込まれる家族にとっても大切な出来事になっていきます。

家族のドラマ以上にサスペンスなものはありません。

定年、遺産相続問題に嫁姑問題……「うちもそう！」と共感できるテーマ

「ふっこさん、どう思う？」

私に相談したい時、橋田さんはよくこう言いました。彼女とのやりとりの中で、岡倉家のメンバーそれぞれのキャラクターを設定していきました。そして、その他の登場人物の持つ意味合いについても細かく話し合ったのです。なんといっても、最初のシリーズは出演者が多かった。ずいぶんいろんな人が登場しましたが、それぞれに意味を持たせないと、登場させる意味がないし、ストーリーも広がってもいきません。

『渡る世間は鬼ばかり』の中心、岡倉家は次のメンバーです。

◆お父さん大吉《だいきち》（藤岡琢也《ふじおかたくや》さん）はサラリーマン

親会社を定年退職後に、子会社で重役をしている。でも、小料理屋の板前になりたいという夢があって、サラリーマンを辞めて板前修業をしたいと思っている。

◆お母さん節子《せつこ》（山岡久乃さん）は専業主婦

夫には安定したサラリーマン生活をずっと続けてほしいと思っている。板前修業を始めた大吉に、節子は不満を覚える。

◆長女弥生《やよい》（長山藍子さん）は再び看護師の道に

長く専業主婦をしていたが、家庭内で孤独を感じている。いわゆる空《から》の巣《す》症候群。そこで、結婚前に就いていた看護師の職に再び就くが、夫にも子どもたちにも理解されない……。姑の介護を機に看護師を辞める。

◆次女五月《さつき》（泉ピン子さん）は中華料理店「幸楽《こうらく》」の嫁

岡倉家を飛び出した五月は、住み込みで働く「幸楽」の嫁になる。舅が亡くなり遺産相続問題が起きる。姑のキミ（赤木春恵さん）とは険悪だったが、「幸楽」を続けたいという意思は二人とも一致。財産分与を求める夫の妹たちがトラブルのもと。

◆三女文子《ふみこ》（中田喜子《なかだよしこ》さん）はキャリアウーマン

研究職に就いていた文子は共働き夫婦。子育て問題に直面。姑からちくちくと文句を言われている。ついには離婚の二文字が……。

◆四女葉子《ようこ》（野村真美《のむらまみ》さん）の結婚

御曹司と交際していたが、理想とする「結婚の条件」「結婚観」を貫き、夢を共有できる男性を結婚相手に選んでハワイへ移住。母の節子は猛反対。

◆五女長子《ながこ》（藤田朋子《ふじたともこ》さん）の紆余曲折

大学を卒業し一流銀行に就職したが、大学時代からの交際相手を同期入行の女性に奪われる。交通事故に遭うが、事もあろうにその加害者と恋仲に。結婚を決意するが両親から反対される。

家族それぞれが、自分の置かれた状況でどんな選択をするのか。そこからどんな展開が生まれていくのか。そこを綿密につめておかないと、家族のストーリーがバラバラになってしまいます。そして、定年や空の巣症候群、遺産相続問題に嫁姑問題、共働き家庭、現代っ子気質など、観る方々が「うちもそう！」と共感できるテーマを、姉妹それぞれに忍ばせることにしたのです。

自分が鬼だから、相手が鬼に見える。『渡る世間は鬼ばかり』タイトルの意味

タイトルをどうするか、橋田さんと話をしていた時のことです。

彼女が、

「今、こんな世の中で、『あいつは鬼だ、鬼だ』なんて言う人もいるけれど、『鬼だ』と言う自分が鬼なんだよ」

「自分が鬼だから、相手が鬼に見える。自分が優しかったら、相手も優

しく見える」

と言いました。

「ああ、そうよね。心って大切だよね。私たちはずっと、家族そして人間をドラマとして描いてきたけど、やっぱり、この新しいドラマでも大切にしたいよね」

橋田さんの言いたいことは、私にもよくわかりました。人間関係は映し鏡のようなものです。自分が相手をどう思っているかによって、相手がこちらにどう接するかも、決まってきます。

ことわざとしての正解は「渡る世間に鬼はなし」です。世間は無情な人ばかりいるわけではない、困った時に手助けしてくれる情のある人もいるものだ、という意味合いですが、今の世の中はみんな気持ちに余裕がない。ややもすれば、相手が鬼に見えてしまう。だけど、そう思っている自分こそが鬼なのです。

「『渡る世間は鬼ばかり』、これでいこう！」

こうして意気投合し、タイトルは決まりました。それが、一年どころか三〇年近く続いてしまうのだから、わからないものです。

往復すること五〇〇回以上
原稿を取りに橋田さんが住む熱海へ

橋田さんから原稿ができたという連絡をもらうと、熱海まで私が取りに行っていました。第一シリーズから第一〇シリーズ、そして合間にスペシャル番組もありましたから、『渡る世間は鬼ばかり』の原稿を受け取りに私が熱海を往復した回数は、ゆうに五〇〇回を超えました。

橋田さんの家を訪れると、リビングの机上に書きあげた原稿が置かれていました。その上にはお数珠《じゅず》が。まずは亡くなった岩崎さんの仏前に置き、原稿を見てもらっていたのでしょう。

「それでは拝見します」

うやうやしく原稿を手にとります。いつも通り、構成力のある原稿で、重ねてきた打ち合わせの内容が巧みに練り込まれています。

「ここは、こうしたほうがいいんじゃない」

少し気になる箇所について、その場で意見を言うと、彼女は目の前で原稿を手直しします。いろんな脚本家とお付き合いしてきましたが、橋田さんはファックスが嫌いな人。

「ヌーッてするから嫌だ」

と、よく言っていました。そう言われても困るんですけど、とにかく彼女はファックスというものが大嫌い。ですから、「ここがいい、悪い」と読んだ印象をつぶさに伝え、どうしても直してほしい時は、その場で直してもらうようにしていました。

原稿を取りに行った時の思い出は尽きませんが、「冬の原稿取りは怖い」という印象が私にはあります。

熱海は山がちな地形の場所で、山道が凍るのです。新幹線の駅から車で橋田邸まで行くのですが、雪が降ると怖くて怖くて……車がスリップします。なかなか彼女の家までたどり着くことができない。それがわかっているから、雪が降ったり、降り止《や》んだ後に原稿を取りに行くのは、正直ちょっと苦手でした。

でも「原稿できたから来て！」と言われれば、もちろん行きます。ある時、どうしても橋田邸まで近づくことができず、私は車で待機して、運転手さんに代わりに脚本を受け取ってもらったことがあります。自分で原稿を受け取らなかったのは、この時ただ一度だけ。あとは全部、彼女から直接受け取りました。

熱海に家を借りた。それなのにほとんど泊まったことがない理由

これだけ何度も行く熱海です。私は橋田さんの家の近くに家を借りることにしました。彼女の家から歩いて五分ぐらいの場所で、とてもいい家です。温泉が出て、景色も素晴らしくて、お風呂から相模湾に浮かぶ初島《はつしま》を見ることができます。とても気に入りました。

ところが、実は二度ぐらいしか泊まったことがありません。なぜかといえば、橋田さんから原稿をいただくと、私の意識は別な一点に集中するからです。

次に自分がするべきことは、原稿を印刷所に渡して印刷、製本をしてもらうことです。そういうわけで、自分の家があっても素通りになってしまいました。もちろん、私にだって、

「ちょっと寛いでいこうかな、泊まっていこうかな」

という気持ちがなかったわけじゃありません。でも、考えるのです。

「今晩、印刷に入れたら明日、台本が製本されてくるな」

「そうすると、美術や技術の打ち合わせができる」

「演出家にも時間あげられるな」

など、いろんな考えが頭をよぎるのです。自分のことより、そっちが先でしたね。なんといっても、熱海は新幹線で東京までたったの四五分。遅い時間になっても、東京まで戻って来られるのです。

原稿を受け取ると、まずは印刷所の人に東京駅に到着する時間を電話します。到着したら改札口で原稿を渡すというのが、ひとつの流れのようになっていました。

私がようやくほっとひと息入れられる気分になるのは、印刷された台本が関係者全員に配られた時でした。

常に「家族の今」を描いていく。大変だけど面白い作業

『渡る世間は鬼ばかり』は、一つのシリーズが全五〇回前後で成り立っています。登場人物それぞれについて、「どこからどこまで書く」という方針を、橋田さんと事前に話しながら決めていきます。

だいたい一か月単位、放送四回分で登場人物がどう動いていくか、その展開を考えていきました。途中で新しいキャストが登場したり、子どもが生まれたりもするわけですから、なかなか大変です。大変だけど面白い作業でもありました。

橋田さんは持ち前の「構成力」で、ちらかりそうな展開を見事にまとめあげ、原稿用紙をどんどん埋めていきます。プロデューサーとしては、楽でした。ただ時々、わがままを言うことがありました。天邪鬼《あまのじゃく》になるといってもよいかもしれません。

「もう書けないわ」

なんて、言われると、

「あ、そう、じゃあね」

と言って、私も軽く突き放します。ところが、

「取りに来てー」

次の日には、こう言うのです。時折ちょっとおへそが曲がってしまうことはありましたが、私も長いお付き合いですから、彼女のわがままはご愛敬みたいなものです。

言葉にしないと伝わらない……
家族ははっきりものを言い合わないと

家族というものは、年々変わっていきます。変わっていくから面白い。変わっていくさまを、『渡る世間は鬼ばかり』を通して、私たちはずっと追いかけたのです。

一九九〇(平成二)年の番組スタートから現在まで、時の流れの中で、登場人物それぞれの家庭は大きく変化しました。

岡倉家を例にとっても、夢を実現し小料理屋を開いたお父さんの大吉、そしてお母さんの節子は亡くなりました。

弥生は専業主婦から看護師に復職しましたが、介護のために専業主婦に戻ります。「ラ・メール」や「ごはんや」に勤務したり、保育園でボランティアをしたり、その間に子どもたちの離婚に直面したり、その人生は目まぐるしく変化しています。

五月はといえば、高校を中退し家出して、中華料理店「幸楽」に住み込みで働くというスタートからキミとの嫁姑問題と長く格闘、やがて「幸楽」の二代目女将となります。なかなか子離れできなかったり、最後にはユーチューバーになったり……。

順風満帆な人生なんてありません。出だしが難局続きでも後から帳尻が合ったり、その逆があったり、『渡る世間は鬼ばかり』は私たちのまわりで実際に起きていることを映しているといえるかもしれません。

家族になるためには、必ず摩擦があります。ぶつかり合って、そこをふっと抜けるということもある。昨今は、あえてぶつからないようにしているようにもみえますが、『渡る世間は鬼ばかり』の登場人物のように、家族ははっきりものを言い合わないといけないと私は思います。言葉にしないと伝わらない思いは、たくさんあるのです。

どうしても私は暖簾を下ろしたくない。日曜劇場『おんなの家』のラストシーン

ご好評いただき『渡る世間は鬼ばかり』の第二シリーズが、一九九三(平成五)年四月から始まりました。

その少し前、三月二八日のことです。『おんなの家』第一六回をもって、一話完結の単発ドラマとしての日曜劇場は終わりを告げました。私が日曜劇場から卒業した瞬間です。橋田さんとの『おんなの家』が最後に

なった、というのも感慨深いものがあります。

そのラストシーン。杉村春子先生、山岡久乃さん、奈良岡朋子さんの三人がお店の暖簾《のれん》を感慨深げに見上げます。

「私たちの一生って、全部この暖簾が知っているのよね」

このセリフは、私自身の気持ちでもあります。この後、「日曜劇場」の暖簾を下ろすという意味合いを込めて、暖簾を下ろす場面に本来はつながっていくはずでしたが、どうしても私は暖簾を下ろしたくありませんでした。

私の気持ちを汲んだ演出の鴨下信一《かもしたしんいち》さんが提案したのは、暖簾を下ろす代わりに私が「花舎」の暖簾の前を通る、というラストでした。「セリフは自分で考えて」と言うので、いろいろ考えましたが、

「暖かくなりましたね。春ですね」

と言って、「花舎」の前を通っていく。それを見送って三姉妹が店の中に入っていく後ろ姿をカメラがずっと追って……という、ラストシーン

が放送されることになったのです。

「長い間ありがとうございました」

というテロップを流してもらいました。

生番組の時代から最後に至るまで、日曜劇場にかかわり続けた、私の尽きせぬ思いをすべて込めたのです。

「ずっと続けてください」家族の問題は永遠のテーマ

それにしても、『渡る世間は鬼ばかり』がこんなに長く続くとは夢にも思いませんでした。

一年間と言われたので、当初はそのつもりでいましたが、やめる気配がまったくない。橋田さんに話をすると、

「もし続けていいんだったら、続けていこうよ」

彼女がそう言ったのです。そこで編成にたずねると、

「ずっと続けてください」

という答えが返ってきました。

「そういうことなら……やれるところまでやろうか」

と、気持ちを新たにしました。さっそく、橋田さんと話をすると、構想はどんどんふくらんでいきます。

「家族の問題って、いっぱいあるよね」

「五人姉妹、それぞれにこれからの生き方がある」

「お父さん、お母さんのこれからもあるね」

結果として、一〇シリーズまで続けることができましたし、スペシャル番組を合わせて、三〇年近くにわたって続くドラマとなりました。それだけ続いたのは、やはり「家族の今」を描き続けたこと、世の中の動きにドラマが寄り添えていたからでしょう。共感していただけなければ、こんな長い年月にわたって制作を続けられなかったと思います。

『渡る世間は鬼ばかり』最大のピンチ お母さん、そしてお父さんの死

長い間、『渡る世間は鬼ばかり』を続けていて二度、大きなピンチがありました。お母さん（山岡久乃さん）が一九九九（平成一一）年に亡くなった時。そして二〇〇六（平成一八）年にお父さん（藤岡琢也さん）が亡くなった時です。

山岡さんは「絶対代わりがいない」と思いました。だから、母親は亡くなったら、そのままにしたのです。ちょっと極端ですが、「海外で亡くなって、こっちへ戻ってきた」という設定にしました。

やはり、母親というのは、とても大きな存在です。家族において、母親は太陽であり、芯だと思います。芯が変われば、もうそれは別なものです。『渡る世間は鬼ばかり』の中心にある岡倉家のお母さんは、山岡さ

んしかいませんし、彼女以外には考えられませんでした。そこで、岡倉家のお母さんはもう立てないというかたちにしたのです。

お父さんを宇津井健《うついけん》さんに代わっていただく時のことです。どなたにお願いしようか、私の中ではすでに案がありましたが、橋田さんに相談すると、

「宇津井さん、いいんじゃない？」

という答えが返ってきました。それで、私が直《じか》にお願いすることにしたのです。

ただ、私も悩んだことは確かです。岡倉家のお父さんの役には藤岡琢也さんのイメージがあります。お願いした時に、宇津井さんがどのような反応をなさるのか測りかねたのです。

「お父さんを演じていただけますか」

と、おたずねすると、

「ちょっと、待ってね」

というお返事でした。

宇津井さんは、ご自身がシナリオをお考えになる方です。前の役者さんのイメージがある役を「自分がどういうふうにこれから演じていったらいいか」考えられたのだと思います。しばらくして、

「僕でよければ、なんとかやりましょう」

「頑張るから、みなさんよろしくね」

そう言って、宇津井さんはお父さんの役を引き受けてくださいました。

本当によかったです。というのも、彼の他に適役な方がいなかったから。私は視聴者のみなさんにとって「好感が持てる」お父さんにしたいと考えていました。あんまりごつくない人がいいと思って。彼はシュッとされていて、それでいて柔らかい印象があります。

宇津井さんは現場にもわりとスッと入ってこられ、他の出演者の方たちと上手にコミュニケーションをとっていらした印象があります。みな

さんも付き合いやすかったようです。

宇津井さんは二〇〇六（平成一八）年の第八シリーズから二〇一三（平成二五）年の『渡る世間は鬼ばかり』二時間スペシャルまでお父さんを演じてくださいました。ピンチをチャンスに変えて、『渡る世間は鬼ばかり』は続いていったのです。

私と橋田さんの長年の夢
念願の『源氏物語』をかたちに

私にとって、長年の夢を実現したドラマがあります。『源氏物語』です。その機会がようやくきたのは、一九九一（平成三）年。TBSの創立四〇周年を記念するドラマとして制作されることになったのです。

前年から始まった『渡る世間は鬼ばかり』の第一シリーズの放送が九月で終わり、『源氏物語』の「上の巻」が一九九一（平成三）年一二月二七日に、「下の巻」は一九九二(平成四)年一月三日に、それぞれ四時間ずつ計八時間のドラマとして放送されています。

『源氏物語』は、まさに人間模様そのもののような古典文学です。橋田さんにとっても、夢ともいうべきテーマでした。

『源氏物語』は、

「一生に一度は書いてみたい」

かねてから、彼女はそう話していました。

なぜ、『源氏物語』のドラマ化が夢だったかといえば、日本人だから、に尽きます。日本人として生まれた私たちだからこそ、自分の国の歴史をひもといてみたい、ルーツをたどってみたい、そう思っていたのです。もちろん『源氏物語』は史実ではありません。けれども、その世界はいにしえの平安王朝絵巻そのものです。ひらがなが花開いた時代でもあります。私たちの国、日本の原型がそこにはあります。

主人公である光源氏《ひかるげんじ》の生涯を、最期まで描くことにしました。全生涯を描くとなると、年代的な幅がけっこうあります。

一人の役者さんで担うのは、私は無理だと思いました。そこで、光源氏の若き日々、ドラマの頭は東山紀之《ひがしやまのりゆき》さんに演じてもらうことにしたのです。

東山さんはお正月のTBS新春大型時代劇スペシャル『源義経《みなもとのよしつね》』で主演を務めていましたが、私の作るドラマに慣れてもらおうと思い、日曜劇場『私の兄さん』（一九九一年三月）、『華のいろ　化粧より』（一九九一年六月）などに、出演していただきました。

一方、ドラマの中盤から最後までの光源氏をどうするか。

私の頭に浮かんだキーワードは「歌舞伎」でした。当時は、ご本名でもある片岡孝夫《かたおかたかお》を名乗っておられた、片岡仁左衛門《にざえもん》（一五代目）さんにお願いすることにしたのです。周りもこの大作にふさわしい俳優陣で固めましたので、大変な人数になりました。新劇、テレビの俳優さん、新派、歌舞伎、あらゆる分野の方に出ていただきました。

総製作費が約一二億円。局もびっくりしたんじゃないかと思います。衣装代とセットとギャラとで、すごいことになりました。ですが、この作品はＴＢＳの大切な財産、コンテンツになったと思います。

いわゆる現代を舞台にしたドラマと比べると、コスト的には時代劇は大変です。『源氏物語』の舞台が平安時代、というところがますます曲者《くせもの》です。それでも「いいものを残したい」という局の意向もあったので、私も「一生に一遍だな」と思いながらやらせていただきました。

他局のドラマをプロデュース
橋田さんがつないだ縁

二〇〇〇（平成一二）年以降、橋田さんとのご縁で他局のドラマでプロデューサーを務める、という、あまりない経験をさせていただきました。テレビ朝日さんで「橋田壽賀子ドラマスペシャル」と銘打ったドラマを、渡哲也《わたりてつや》さん主演で制作することになったのですが、橋田さんに脚本をお願いする交渉に行ったところ、

「プロデューサーは石井さんじゃないと困ります」

と、橋田さんに言われたそうです。

つまり、彼女が脚本を書く条件は、私がプロデュースすること、というものでした。

私はTBSの人間ですから、ふつうに考えたら実現は難しい話です。橋田さんの信頼はうれしいし、応えられるものなら応えてあげたい。でも自分で決められることではありません。どうするんだろう……と思いましたが、テレビ朝日とTBSの社長とが話し合って、合意に至ったのです。

それは、私が橋田さんのドラマをプロデュースするかわりに、渡さん

にＴＢＳのドラマに出演していただく、というものでした。

私がプロデュースし、テレビ朝日さんで放送されたのは『想いでかくれんぼ』（二〇〇〇年）、『夫婦』（二〇〇六年）、『結婚』（二〇〇九年）の三つのドラマです。どれも橋田さんらしい構成力のある脚本でしたが、ここでは『夫婦』についてご紹介しましょう。

渡哲也さん演じる『夫婦』の主人公は商社マン。家のことは奥さん（竹《たけ》下景子《したけいこ》さん）が一手に引き受け、子ども二人を育ててあげてきた。そんな夫婦なのですが、息子の結婚を機にいろんな思いが噴出してくるのです。奥さんの夢は「息子夫婦と同居し、孫に囲まれて」暮らすことでした。が、息子というものは、えてして嫁に引っぱられるものです。ろくに実家に顔も出しません。奥さんは不満が溜まって、渡さん演じる夫に思いを訴えるのですが、受け止めてもらえない。橋田さんが描く夫、勝利《かつとし》の生き方が、渡哲也さんにははまり役だったように思います。

「男は黙って……」という寡黙さが似合う渡さんの演技が、ドラマをご覧になっていない方でも、目に浮かぶのではないでしょうか。

『渡る世間は鬼ばかり』の脚本料が橋田文化財団設立の基礎となった

私がお手伝いしている「橋田文化財団」は、一九九二（平成四）年に設立されました。文化の発展に寄与することを目的に「放送文化に関する創作活動を行う個人または団体に対する顕彰」「脚本家、演出家等の人材育成」などを、事業として掲げ、毎年、橋田賞の授与やシンポジウムの開催などの活動を行っています。

この財団を作りたいと考えたのは、橋田さんと夫の岩崎嘉一さんです。岩崎さん自身がテレビマンでしたから、テレビ界が抱えている課題、そしてその将来を危惧していたのです。橋田さんはご主人の思いを受け止めたからこそ、財団の設立を決心したのでした。

財団の設立にあたって、私が橋田さんに言ったことは、

「借金はしちゃダメよ」

「あなたの能力で作らないと、財団は意味がないわよ」

ということです。

ところが、どうしてもお金が足りなかった。

ちょうどその時、後に『渡る世間は鬼ばかり』のタイトルで放送されることになる、新しい連続ドラマの話が浮上しているタイミングでした。

私は、新しい連続ドラマの原稿料があれば、橋田さんが「夫の遺志をかたちにしたい」と設立を願っている財団の資金にもなるだろう、そう思ったのです。私なりに計算すると、ちょうど足りると思いました。これが、『渡る世間は鬼ばかり』の脚本を橋田さんに託したもう一つの理由です。ただ、それを表立って言うと、橋田さんを傷つけてしまう。だから、一切言ったことはありません。

でも、橋田さんも『渡る世間は鬼ばかり』の脚本に対するギャランティ

が財団設立に資することになったことは、後から気がついたようで、

「あんた、あの時、わかっていたんじゃない？」

と探りを入れるように、私に聞いてきました。

「ううん、わかってないわよ。あんたに書いてもらいたかったからに決まってるじゃない」

私はしらばっくれてしまいました。

それでも、橋田さんは私の意図を見抜いていました。だからこそ「夫と二人で作った財団を頼む」と、後事を託されることになってしまうのですが……。できる限り、私は遺志をついでいくつもりです。

あらためてホームドラマを思う 私は家族、そして人間を描き続ける

橋田さんとたくさんのホームドラマを作ってきましたが、この六〇年

の間で、家族のかたち、その描き方は劇的なほどに変わりました。

『ただいま11人』が放送されていた一九六四（昭和三九）年であれば、家族の団欒《だんらん》といえば定番は食事シーン。家族揃って食卓をともにし、その日あったことを口々に話したり、悩み事を打ち明けたり、その相談に乗ったりというのが当たり前でした。実際の家庭でも、おおよそ、そうした情景がふつうだったからです。

でも、今、ドラマの中でそんなシーンを作ったら、ごらんになった方はかなり違和感を覚えると思います。家族が全員集合するのは、生活時間帯の違いからなかなか難しく、何とか揃うのは冠婚葬祭の日ぐらいになってきているからです。

そもそも、一世帯あたりの子どもの数も、昔と今とでは違います。子どもの数が少なければ、外の世界とつながることで生じる子どもの問題、家族に影響を及ぼすような問題も、昔と比べたら少なくなります。

問題の種類も変わってきています。

介護ひとつとっても、大勢の子どもが親の面倒をみるのと、ひとりっ子がそれを担うのとでは、負担がまるで違います。

親と子が向き合う時間や向き合い方も、昔とは全く変わってきています。携帯電話の進化が、一方で家族同士で心を通わせる時間を損ねてしまうなど、文明の進化が残念ながら文化を衰退させています。かつて日本にあった良さ、日本人の心といったものを忘れさせ、喪わせていっている気がしてなりません。


「誰かに何かを言いたい」「誰かが自分の言うことを聞いてくれる」という、そんな何でもない、ささやかな思いから、家族は始まる。私はそう思います。

安らぎこそが家族の原点です。特別な何かをもたらすわけでも、創り出すわけでもないけれど、「そばにいてくれる」と思える人がいることが、私たちにとって大切なのだと思います。

これは一人暮らしをしている人にとっても同じ。私もそうですが、たとえ家族がいなくても「気にかけてくれる人がいる」と思えるのが、心丈夫でいられる源なのです。

コミュニケーションをとることとは、本当に大切です。人と人との心がつながってこそ、「人間」です。

愛とか、心といったものには、かたちがありません。相手と会話する、オブラートに包まず率直に思いを伝えることで、向き合った相手との間でかたちづくられていくものなのです。

かたちができれば拠りどころができ、その安心感から豊かな心も生まれます。家族のかたちが見えてきます。

私が描いてきたものは、家族であり、人間です。これからも描き続けたい、描き続けなければいけないのも家族そして人間です。テレビドラマにたずさわるようになって、六〇余年。私が手がけた作品は、どれも何でもない日常の中での人間模様を描いています。ごく普通の人たちのありふれた生活を通して、喜びや悲しみといった人生の機微を描いてきました。

ともに走り続けた橋田さんが、私のそばにいないことが残念でなりません。寂しさは消えませんが、ドラマそして舞台を通して、これからも家族を描いていくつもりです。

「求められる限り、命の灯が消えない限り、私は挑戦を続けたい」

そう心に誓っています。

TBS創立40周年記念番組
渡る世間は鬼ばかり
おつかれさま

橋田壽賀子ドラマ　パート8
渡る世間は鬼ばかり
影快調！！ 2006. 4.

万感の思いを込めた、
家族に対する感謝の言葉

エピローグ

幻のラストシーン

先日、自宅にスイカの届け物がありました。橋田さんの大好物です。私の中では「スイカ＝橋田さん」と自動的に変換されるようで、何の気なしに彼女のことが頭に浮かんで「このスイカを熱海へ送って……」と思い立ちました。でも次の瞬間、何かが違うことに気づくのです。

「もう橋田さんはいないんだ……」

悲しかった。ただただ悲しかった。みるみるうちに目がしらが熱くなり、心がからっぽに乾いて、気持ちがひどく落ち込みました。そして、気づかされるのです。

「私は彼女の死を受け入れられていない」

そう……私はいまだに現実を受け止められていません。おそらく受け止めたくないのだと思います。

「日にち薬《くすり》」、という言葉があります。大切な人を喪った悲しみも、日がたち時をへるにしたがって、次第に薄れていくというような意味ですが、この薬は私には効きそうにありません。何しろ橋田さんと過ごした年月は六〇年です。半世紀以上も私たちは向き合ってきました。苦楽をともにする時間としては長すぎます。

毎日、何かにつけ連絡を取り合うのがごく当たり前だった時は、橋田さんがいる日常が永遠に続くような気が、無意識にしていたのでしょう。とこしえに続くものなんて、どこにもないのに。

大好きだった熱海に記念碑を作ってあげたい

二〇二一（令和三）年五月一〇日、私は熱海へ行きました。もちろん、彼女が大好きだったスイカをたずさえて。

この日は橋田さんの誕生日であり、結婚記念日でもあります。分骨した橋田さんのお骨にお参りをし、何人かで誕生祝いのご飯を食べました。

市長さんにもお目にかかりました。彼女が熱海の名誉市民になったお礼をお伝えするのと、彼女が大好きだったこの地に記念碑を作る相談のためです。海が見えるどこかいい場所を、ご推薦いただければと思ったからです。

四月四日、彼岸に旅立った橋田さんに会いに行った折を除けば、私にとっては久しぶりの熱海でした。熱海で彼女に会ったのは、コロナ禍で世の中がぴりぴりとした緊張状態になる少し前のことですから、二〇二〇年の夏が最後です。本来なら「東京二〇二〇オリンピック」が開かれていたはずの夏。それ以降は、熱海に行こうと思っても私を気遣う橋田さんから、

「危ないから来るな」

と、きつく言われていました。公共交通機関を避けて車で行こうかなとも思いましたが、

「もうちょっとしたら何とかなるから、それからいらっしゃいよ」

と、重ねて言われていました。ですから、彼女の気をもませては申し

訳ないですし、行きませんでした。とはいえ、毎日電話をかけているので、姿を見ていなくても会っているような気がしていたのです。

どうしても彼女に電話をかけたくなる

橋田さんが東京の病院で診察を受けた二月、私も自宅で転倒してしまいました。幸いなことに骨折にまでは至りませんでしたが、脚を痛めてしまったのです。

「なんで同じような日に……」

と、笑い合いました。

橋田さんの診察に付き添った私は、久しぶりに目にした彼女の痩せた姿に驚き、心が痛んだのを思い出します。熱海の病院に転院するまで、橋田さんは都内で入院していましたが、その時会ったのが生前最後の対面となりました。

記念碑は一周忌をメドに実現させたいと思っています。脚本家としての橋田さんの象徴はまぎれもなく原稿用紙ですから、碑面に原稿用紙を彫り、そこに彼女の名前と手がけた作品名をちりばめる……そんなイメージがアイディアとして浮かんでいます。

とはいえ、記念碑を建立できたら気持ちの整理がつくか、と問われれば「当分は無理」と即答する自分がいます。夜中になると、どうしても彼女に電話をかけたくなるのです。今も、声を聴きたくなるのです。心を整えるには時間がかかるかもしれない、そう思っています。

「自分の書きたいことを書いた」人

思えば橋田さんは、作家として、とても頑張った人でした。そして「自分の書きたいことを書いた」人でもありました。書きたいことを書ける脚本家なんて、そんなに多くはいないと思います。駆け出しの頃を除けば、彼女は嫌なものは一切書きませんでした。私がサポートしたからそんな風に生きられたのだと言う人もいますが、それは自分ではわかりません。

不倫とか殺人とかをテーマとして私は扱ってきませんでしたし、橋田さんも絶対に嫌だと言っていました。

ドロドロしたものやショッキングな題材は、一見すると目を引きやすいかもしれませんが、家族の「何でもない日常」の中で起きる出来事こそ、一番のサスペンスです。

家族の間で起こる大小さまざまな事件をどうやって解決するのか、「家族っていいな」「すごいな」と思っていただけるドラマを、橋田さんと二人で世に送り出してきました。

「いい作品を作りたい」

「いい脚本を書きたい」

という、自分を前に進ませてくれるものがあるから、年齢やキャリアに甘えず頑張ってこられたように思います。

ますます家族についてやりたい

コロナ禍という新たな難局を迎え、日本がどうなるのか心配です。働き方の変化により、以前より家族と過ごす時間が増えている印象もありますが、一方で、子どもも大人も、それぞれが自分の携帯を見て過ごしているとも聞きます。同じ場所にいながら心は違うところにあるような、ちょっとした危うさを感じてしまいます。心の問題がずいぶんあるように思います。家族同士で胸襟《きょうきん》を開いて話すことが、昔と比べると少ないのかもしれません。

私の若い頃は、「もしかしたら、自分が機銃掃射に遭うかもしれない」

という切迫した不安がありましたので、家族とも友だちとも「今、話さないでどうする」という、ほとばしるような思いがありました。帰り道、友だちと別れる時も「さようなら」と声をかけるのが怖かった。本当に二度と会えなくなるような気がしましたから。だから、「またね！」と声をかけたのです。

戦争という極限状況と今とではもちろん違いますが、「明日会えなくなるかもしれない」状況は、今だってあるはずなのに……。

何でもない明日が必ず来る、今日と同じ日がいつまでも続く、と人間は思ってしまうのでしょうか。ますます家族についていてやりたい、やらねばと思っているところです。

幻のラストシーン

『渡る世間は鬼ばかり』は、二〇一九（令和元）年「秋の三時間スペシャル」が最後の放送となりました。

本来、二〇二一(令和三)年秋の「敬老の日」に、スペシャル番組の放送が予定されていましたので、橋田さんが東京の病院に入院している間も、どんな内容にするか二人で話し合っていました。

〃目に見えない敵〃コロナのせいで、これまで送ってきた当たり前の日常に暗い影が落ちている時代です。私も橋田さんも、

「暗い要素のないドラマにしたい」

そう思っていました。でも、

「冒頭はやはりコロナのことから入ろう」

という思いで一致もしていました。ドラマには今の状況を取り入れる必要があります。

「ラストはどうする?」

どちらからともなく、そんな話になりました。

橋田さんが考えたのは、岡倉家の五人姉妹が揃っている場面です。みんなでいろんな話をしていると、泉ピン子さん演じる次女の五月が、

「ちょっと話を聞いて」

と、呼びかけます。

五月は若かりし頃、高校を中退して家を飛び出すなど、いろんな問題を起こしていました。親兄弟に迷惑をかけたという自責の念がありまず。それで「一言しゃべりたい」と呼びかけるのです。

「もういいわよ」

「あんた、話が長いから、もういいよ」

みんなは口々に言うのですが、

「でも、聞いて！」

五月はそう言い張るのです。そこまで言うならと、

「じゃあ、言って」

「なあに？」

みんなが彼女に注目します。五月はこの日集まった姉妹の一人ひとりに目をやって、ただ一言、

「ありがとう……」

万感の思いを込めて、家族に対して感謝の言葉をかけるのです。

これこそが幻に終わった『渡る世間は鬼ばかり』二〇二一年スペシャルのラストシーンです。

この「ありがとう」という言葉は、たった五文字ですが、人と人とが心を通わせ合って生きていくためには、本当に大切なフレーズです。

そして、この最後のせりふは、橋田さんのみなさんに対する「ありがとう」だと私は思っています。

「みなさんのおかげでこうして仕事ができた、ありがとう」

と言っているのだと……。このラストは脚本に書き起こされてはいませんが、「これでいこう!」と二人で心に決めたものなのです。

「人間はひとりではない」

というのがテーマでした。

この生きにくい困難な時代に、橋田さんは、

「自分はひとりぼっちじゃない」

「兄弟がいる」

「姉妹がいる」

「友だちがいる」

つまり、いろんな人が自分のことを見てくれているんだ、というメッセージを伝えたいと考えていました。私も全く同じ思いです。

舞台『かたき同志』（一九七八年初演）にも、同じように「私はひとりじゃない」というセリフがあります。おそらく橋田さんはずっとそう思って生きてきたのではないでしょうか。

時に人間は「自分はひとりだ」と思うこともあります。けれども、「ひとりじゃない」と思えると、心が温かくなります。自分ではない誰かに

対して優しさを持つことができます。

橋田さんは口にこそしませんが、脚本に書くことで自分の想いを伝えているところがありました。そういう人です。

橋田さんはいなくなってしまいましたが、私はこれからも家族のドラマ、そして人間を描き続けることで、

「橋田さん、相変わらず私はやっているわよ」

と、言いたい。求められる限り、命が続く限り頑張りたい。

天国から見ていてほしいと思います。

I DON'T WANT
A JOB WHEN I
GROW UP
... I
WANT
TO BE A...
CONSULTANT!

石井ふく子と橋田壽賀子
二人三脚で作りあげた
主な「ドラマ」と「舞台」

※ここで掲載した作品は、1964年に初めてコンビを組んでからの主なものになります。石井さんと橋田さんがお互い以外の方と組んだ作品については掲載しておりません。
※脚本家や原作者名については、橋田壽賀子さん以外のものについて付記しています（記載がないものは、脚本ないし原作が橋田さんのもの）。

西暦	元号	作品名ほか	世の中の動き
1925	大正14年	橋田壽賀子さん、現在のソウルで誕生（5月10日）	
1926	大正15年	石井ふく子さん、東京の下谷で誕生（9月1日）	12月25日大正天皇崩御
1931	昭和6年	石井さん、日本舞踊を習い始める	
1939	昭和14年	石井さん、足を痛め（脚気）、踊りを断念。肺結核を患う	
1944	昭和19年	石井さん、精工舎に勤労動員中、機銃掃射で同級生を喪う	サイパン島玉砕

1945	昭和20年	石井さん、3月10日の東京大空襲で家を失い、山形県へ疎開	8月15日、太平洋戦争終結
1946	昭和21年	石井さん、長谷川一夫宅（代々木八幡）にお世話になる	
1947	昭和22年	石井さん、新東宝にニューフェイス（第1期生）として入る	
1949	昭和24年	橋田さん、松竹入社。脚本部配属（初の女性社員）	
1950	昭和25年	石井さん、日本電建株式会社に入社、宣伝部に配属。ラジオ東京のラジオドラマ番組『人情夜話』担当に 橋田さん、初めての脚本の仕事（映画『長崎の鐘』監督・大庭秀雄）	朝鮮戦争勃発
1952	昭和27年	橋田さん、初めて単独での脚本の仕事（映画『郷愁』監督・岩間鶴夫）	
1955	昭和30年	ラジオ東京によりテレビ本放送開始	高度経済成長始まる
1957	昭和32年	石井さん、ラジオ東京嘱託に。日本電建と「二足のわらじ」生活に	
1958	昭和33年	**石井さん、東芝日曜劇場『橋づくし』（原作・三島由紀夫、脚本・辻久一）でプロデューサーとしての初仕事**	東京タワー完成

西暦	元号	作品名ほか	世の中の動き
1959	昭和34年	橋田さん、松竹退社	日本電建平尾善保社長、死去
1960	昭和35年	ラジオ東京、株式会社東京放送に商号変更（略称TBS）	
1961	昭和36年	石井さん、日本電建に辞表を提出し、正式にTBS社員となる	日本電建社長に田中角栄
1964	昭和39年	石井さんと橋田さん、ドラマ『七人の刑事』のディレクターの紹介で出会う **東芝日曜劇場『袋を渡せば』** **※石井さんと橋田さん、初めてコンビを組んだ作品** **東芝日曜劇場『愛と死を見つめて』（原作・大島みち子　河野実）** **※初めての前・後編放送。大ヒットし年内に四度の再放送** 『女の気持ち』（原作・芝木好子） 『ただいま11人』（10月8日放送分） 東芝日曜劇場『ちっちゃな家庭』 東芝日曜劇場『五月の嵐』（原作・乾東里子）	海外渡航自由化 東海道新幹線開業 東京五輪開催
1965	昭和40年	東芝日曜劇場『ママ日曜でありがとう』第1部・第2部（原作・俵萠子）	いざなぎ景気

年	作品	出来事
	東芝日曜劇場『夫よりも妻よりも』 東芝日曜劇場『時間ですよ』 東芝日曜劇場『続・ママ日曜でありがとう』（原作・俵萠子）	3C（車、カラーテレビ、クーラー）
1966 昭和41年	東芝日曜劇場『ああ結婚』（原作・佐藤愛子） 東芝日曜劇場『出番です…奥様』（原作・影山裕子） 東芝日曜劇場『牛乳とブランデー』 東芝日曜劇場『玉子の結婚』（原作・丸川賀世子） 東芝日曜劇場『続々ママ日曜でありがとう』（原作・俵萠子） **橋田さん、石井さんの仲人により岩崎嘉一さんと結婚（5月10日）**	ビートルズ来日コンサート
1967 昭和42年	東芝日曜劇場『限りある日を愛に生きて』前篇・後篇（原作・草薙実　草薙紀子） 東芝日曜劇場『虹』（原作・芝木好子） 東芝日曜劇場『あたしとあなたのシリーズ』第5回 東芝日曜劇場『おたふく物語』（原作・山本周五郎） 東芝日曜劇場『あたしとあなたのシリーズ』第9回	青春ドラマブーム ツイッギー来日 日本の総人口、1億人を突破
1968 昭和43年	東芝日曜劇場『前進せよ』（原作・樹下太郎）	3億円事件

西暦	元号	作品名ほか	世の中の動き
1968	昭和43年	東芝日曜劇場『あたしとあなたのシリーズ』第10回 東芝日曜劇場『ママ日曜でありがとう』その4（原作・俵萠子） 東芝日曜劇場『どっきり花嫁』その1（原作・与謝野道子） **石井さん、父・伊志井寛出演の『なつかしい顔―君は今どこにいるの―』（原作・小島政二郎、脚本・砂田量爾）で、初めて舞台の演出を手がける**	川端康成さんノーベル文学賞受賞 日本のGNP、世界第2位に
1969	昭和44年	東芝日曜劇場『どっきり花嫁』その2（原作・与謝野道子） 東芝日曜劇場『愛』（原作・円地文子） 東芝日曜劇場『あたしとあなたのシリーズ』第11回 東芝日曜劇場『どっきり花嫁』その3（原作・与謝野道子） 東芝日曜劇場『ママ日曜でありがとう』その5（原作・俵萠子）	東名高速全通 人類初の月面着陸
1970	昭和45年	東芝日曜劇場『二代目』 東芝日曜劇場『ありがとう私をお嫁さんにしてくれて……』 東芝日曜劇場『二人の縁』（原作・芝木好子） 東芝日曜劇場『妹』（原作・芝木好子） 東芝日曜劇場『出来ごころ』（原作・三浦哲郎） 東芝日曜劇場『あたしとあなたのシリーズ』第12回	大阪万博開催 よど号ハイジャック事件 ボーリング・ブーム

1971 昭和46年

東芝日曜劇場『ここはどこの細みちじゃ』（原作・山本周五郎）
東芝日曜劇場『縁談』
東芝日曜劇場『紬の里』（原作・立原正秋）
東芝日曜劇場『噂』
東芝日曜劇場『亜紀子』前篇・後篇（原作・大原富枝）

NHK総合、全番組カラー化
横綱大鵬引退
第二次ベビーブーム

1972 昭和47年

東芝日曜劇場『心』 ※800回記念番組
東芝日曜劇場『愛と愛』
東芝日曜劇場『二人だけの道』
東芝日曜劇場『母の鈴』
東芝日曜劇場『姉と妹』
東芝日曜劇場『二人だけの道』その2
石井さん、父・伊志井寛を亡くす

札幌冬季五輪開催
ミュンヘン五輪開催

1973 昭和48年

東芝日曜劇場『初蕾』（原作・山本周五郎）
東芝日曜劇場『愛その日』前編・後編（原作・曽野綾子）
東芝日曜劇場『お母ちゃん笑って』
東芝日曜劇場『二人だけの道』最終回
東芝日曜劇場『ちいさい秋』
『愛といのち』 ※第28回芸術祭賞優秀賞受賞作品

金大中事件
第一次オイルショック
巨人V9
「三分間待つのだぞ」ボンカレーCM

西暦	元号	作品名ほか	世の中の動き
1973	昭和48年	東芝日曜劇場『秋のふたり』 東芝日曜劇場『お母ちゃんごめんネ』	高度経済成長、終わる
1974	昭和49年	東芝日曜劇場『おんなの家』 東芝日曜劇場『ちいさい愛』 東芝日曜劇場『お母ちゃんありがとう』 『愛をください』 東芝日曜劇場『おんなの家』その2 **石井さん、TBS専属プロデューサーに**	小野田少尉帰還 ユリ・ゲラー超能力ブーム
1975	昭和50年	東芝日曜劇場『明日また』 東芝日曜劇場『愛のふれあい』 東芝日曜劇場『出会い』 東芝日曜劇場『おんなの家』その3 東芝日曜劇場『愛ってなあーに』 東芝日曜劇場『誰も知らない愛』 東芝日曜劇場『おんなの家』その4 **舞台『お美津』　※初めて橋田さんとコンビを組んだ舞台作品（橋田さん作）**	天皇が史上初めてアメリカを公式訪問 紅茶キノコブーム

舞台『初蕾』（原作・山本周五郎）
東芝日曜劇場アンコール放送『愛と死をみつめて』前編（原作・大島みち子　河野実）
東芝日曜劇場アンコール放送『愛と死をみつめて』後編（原作・大島みち子　河野実）

1976 昭和51年

東芝日曜劇場『おんなの家』その5
東芝日曜劇場『私の中のあなた』
『ほんとうに』　全31回
東芝日曜劇場『おんなの家』6
舞台『雨のふれあい』
舞台『母の鈴』
舞台『夏のふたり』
石井さん、最愛の母を亡くす

ロッキード事件
モントリオール五輪開催

1977 昭和52年

東芝日曜劇場『女優シリーズ①あの日あなたは……』
東芝日曜劇場『おんなの家』その7
東芝日曜劇場『あしたの海』

王貞治選手がホームラン世界記録756号達成

西暦	元号	作品名ほか	世の中の動き
1977	昭和52年	東芝日曜劇場『姉妹』その1 舞台『秋のかげろう』	白黒テレビ放送廃止
1978	昭和53年	東芝日曜劇場『おんなの家』その8 東芝日曜劇場『女たち』 『道』　全38回 舞台『花の巴里の橘や』（原作・渡辺紳一郎） 舞台『初蕾』（原作・山本周五郎） 舞台『さすらいの旅路』 舞台『かたき同志』 舞台『おんなの家』	成田国際空港開港 日中平和友好条約調印 ディスコブーム
1979	昭和54年	東芝日曜劇場『姉妹』その2 東芝日曜劇場『おんなの家』その9 東芝日曜劇場『かあさんの鈴』 **東芝日曜劇場『女たちの忠臣蔵 いのち燃ゆる時』　※1200回記念番組** 舞台『夫婦』 舞台『かたき同志』	インベーダーゲーム大流行 第二次オイルショック

1980 昭和55年

東芝日曜劇場『おんなの家』その10
『心』（8月14日放送分）
舞台『喜劇・離婚』
舞台『冬の蝶』
舞台『女たちの忠臣蔵』（劇化・田井洋子）

全国規模のホワイトデー、開催される

1981 昭和56年

東芝日曜劇場『おんなの家』その11
舞台『冬のおんな』
舞台『結婚』

スペースシャトルの打ち上げ成功
NHK大河ドラマ『おんな太閤記』

1982 昭和57年

東芝日曜劇場『おんなの家』その12
『ああ離婚』
舞台『結婚』
舞台『初蕾』（原作・山本周五郎）
舞台『雨のふれあい』
舞台『冬の蝶』

ホテルニュージャパン火災
鈴木善幸首相、退陣表明

1983 昭和58年

『姉妹』

NHK連続テレビ小説『おしん』

石井ふく子と橋田壽賀子
二人三脚で作りあげた主な「ドラマ」と「舞台」

西暦	元号	作品名ほか	世の中の動き
1983	昭和58年	**東芝日曜劇場『おんなの家』その13　※1400回記念シリーズ** 舞台『女たちの忠臣蔵』（劇化・田井洋子） 舞台『嫁しゅうとめ』（脚本・田井洋子） 舞台『おかか春秋』（日本舞踊協会）（脚本・杉昌郎） 舞台『初蕾』（原作・山本周五郎）	大韓航空機撃墜事件
1984	昭和59年	東芝日曜劇場『縁（えん）』（原作・芝木好子） 舞台『おしん』 舞台『大家族』 舞台『嫁しゅうとめ』（脚本・田井洋子） 舞台『初蕾』（原作・山本周五郎） 舞台『女たちの忠臣蔵』	三浦和義「ロス疑惑」が週刊誌で報じられる
1985	昭和60年	東芝日曜劇場『おんなの家』その14 **東芝日曜劇場『花のこころ』　※1500回記念番組** 舞台『ハナと花子』 舞台『かたき同志』 舞台『おんな太閤記』	科学万博－つくば'85開催 男女雇用機会均等法が成立

舞台『喜劇・離婚』
舞台『初蕾』（原作・山本周五郎）
舞台『冬の蝶』
石井さん、「テレビ番組最多プロデュース」を記録。ギネス世界記録に認定

NHK銀河テレビ小説『男が家を出るとき』
バブル景気

1986 昭和61年

『橋田壽賀子ドラマスペシャル 旦那さま大事』
舞台『忍の一字』
舞台『花のこころ』（脚本・田井洋子）
舞台『お春の恋』
舞台『新となりの芝生』（脚本・田井洋子）
舞台『ハナと花子』

英チャールズ皇太子とダイアナ妃来日
NHK大河ドラマ『いのち』

1987 昭和62年

愛の劇場『ああ家族』（脚本・石井君子）
『橋田壽賀子ドラマ「おんなは一生懸命」』　全25回
『忠臣蔵 女たち・愛』　全2回
舞台『旦那さま大事』
舞台『お嫁に行きたい』
舞台『花の巴里の橘や』（原作・渡辺紳一郎）
舞台『お美津』

マイケル・ジャクソン来日コンサート
『サラダ記念日』現象
地価の異常高騰、財テクブーム

石井ふく子と橋田壽賀子
二人三脚で作りあげた主な「ドラマ」と「舞台」

西暦	元号	作品名ほか	世の中の動き
1988	昭和63年	東芝日曜劇場『おんなの家』その15 舞台『初蕾』（原作・山本周五郎） 舞台『お嫁に行きたい』 舞台『お美津』 舞台『旦那さま大事』	世界最長の青函トンネル開通 東京ドーム開業
1989	平成元年	『ああわが家』　全43回（脚本・石井君子） 『橋田壽賀子ドラマ「おんなは一生懸命スペシャル・結婚」』 舞台『おんなは一生懸命』（脚本・石井君子） 舞台『春日局』 **橋田さん、夫・岩崎嘉一さんと死別**	昭和天皇崩御 消費税導入（税率は3％） NHK大河ドラマ『春日局』
1990	平成2年	『家族って』　全45回（脚本・石井君子） **橋田壽賀子ドラマ『渡る世間は鬼ばかり』（第1シリーズ）スタート　全49話（1990年10月～1991年9月）** 舞台『花は散らない』 舞台『結婚する手続き』	東西ドイツ統一
1991	平成3年	**『源氏物語』上の巻　※TBS創立40周年記念番組**	バブル景気、終わる

舞台『初蕾』（原作・山本周五郎）
舞台『結婚する手続き』

1992 平成4年

橋田文化財団を創設
『源氏物語』下の巻　※TBS創立40周年記念番組
舞台『渡る世間は鬼ばかり 1』

NHK連続テレビ小説『おんなは度胸』

1993 平成5年

東芝日曜劇場『おんなの家』その16（最終回）　※単発ドラマとしての「東芝日曜劇場」終了
橋田壽賀子ドラマ『渡る世間は鬼ばかり』（第2シリーズ）スタート　全49話（1993年4月〜1994年3月）
橋田壽賀子ドラマ『渡る世間は鬼ばかり』スペシャル
舞台『男が家を出るとき』（脚色・石井君子）
舞台『初蕾』（原作・山本周五郎）

Jリーグ開幕
皇太子徳仁親王殿下と小和田雅子さんのご成婚
細川連立政権が誕生

1994 平成6年

橋田壽賀子ドラマ『渡る世間は鬼ばかり』秋のスペシャル
『女の言い分』　全11話（脚本・石井君子）
舞台『御いのち』
舞台『おんな太閤記』
舞台『渡る世間は鬼ばかり 2』（脚色・石井君子）
舞台『女たちの忠臣蔵』（劇化・田井洋子）

松本サリン事件
自社さ連立の村山内閣発足
NHK連続テレビ小説『春よ、来い』

西暦	元号	作品名ほか	世の中の動き
1995	平成7年	橋田壽賀子ドラマ『魔の季節』　全12話 橋田壽賀子ドラマ『渡る世間は鬼ばかり』年末スペシャル 舞台『おしん』（青春編）（脚色・石井君子） 舞台『女の言い分』（脚色・石井君子） 舞台『冬の蝶』（補綴・岡本育子） 舞台『かたき同志』（脚色・石井君子） 舞台『秋のかげろう』（潤色・岡本育子） 舞台『お美津』	阪神・淡路大震災 地下鉄サリン事件 野茂英雄選手が大リーグで活躍。新人王に
1996	平成8年	**橋田壽賀子ドラマ『渡る世間は鬼ばかり』（第3シリーズ）スタート　全50話（1996年4月〜1997年3月）** 舞台『おんなの家』 舞台『冬の蝶』（補綴・岡本育子） 舞台『おしん』（青春編） 舞台『かたき同志』（脚色・石井君子） 舞台『女たちの忠臣蔵』（劇化・田井洋子）	橋本内閣発足 羽生善治、史上初の七冠達成
1997	平成9年	舞台『あさき夢みし』 舞台『渡る世間は鬼ばかり 3』	日本サッカー、W杯初出場を決める

		舞台『おんなの家』	
1998	平成10年	**橋田壽賀子ドラマ『渡る世間は鬼ばかり』（第4シリーズ）スタート　全51話（1998年10月～1999年9月）** 舞台『おしん』（青春編） 舞台『お入学』	和歌山毒物カレー事件
1999	平成11年	橋田壽賀子ドラマ年末2時間特別企画『渡る世間は鬼ばかり』 舞台『渡る世間は鬼ばかり 4』	地域振興券を政府が支給
2000	平成12年	**橋田壽賀子ドラマ『渡る世間は鬼ばかり』（第5シリーズ）スタート　全50話（2000年10月～2001年9月）** 土曜ワイド劇場『想いでかくれんぼ』（テレビ朝日） 橋田壽賀子ドラマ春の2時間スペシャル『渡る世間は鬼ばかり』 『渡る世間は鬼ばかり』2000年秋スタートスペシャル 『渡る世間は鬼ばかり』2000年年末スペシャル 舞台『渡る世間は鬼ばかり 5』	介護保険制度がスタート シドニー五輪で日本女性陣が大活躍 雪印乳業食中毒事件など企業不祥事相次ぐ そごう、千代田生命保険などが破たん
2001	平成13年	『渡る世間は鬼ばかり』　2001年春スペシャル	小泉内閣発足

西暦	元号	作品名ほか	世の中の動き
2001	平成13年	『渡る世間は鬼ばかり』パート5最終回スペシャル	国内初のBSE感染牛確認
2002	平成14年	**橋田壽賀子ドラマ『渡る世間は鬼ばかり』（第6シリーズ）スタート　全51話（2002年4月～2003年3月）** 『渡る世間は鬼ばかり』秋の2時間スペシャル 『渡る世間は鬼ばかり』年末スペシャル 舞台『渡る世間は鬼ばかり 6』（脚色・石井君子）	FIFAW杯日韓共催 初の日朝首脳会談
2004	平成16年	**橋田壽賀子ドラマ『渡る世間は鬼ばかり』（第7シリーズ）スタート　全51話（2004年4月～2005年3月）** 舞台『初蕾』（原作・山本周五郎） 舞台『喜劇・ああ離婚』	新紙幣発行
2005	平成17年	舞台『喜劇・ああ離婚』	郵政民営化法が成立
2006	平成18年	**橋田壽賀子ドラマ『渡る世間は鬼ばかり』（第8シリーズ）スタート　全50話（2006年4月～2007年3月）** 橋田壽賀子ドラマ『渡る世間は鬼ばかり』秋の2時間スペシャル 橋田壽賀子ドラマスペシャル『夫婦』（テレビ朝日）	第1回WBCで日本優勝

	舞台『渡る世間は鬼ばかり』 舞台『喜劇・ああ離婚』 舞台『女たちの忠臣蔵』（劇化・田井洋子）	
2007 平成19年	舞台『おんな太閤記』 舞台『おんなの家』	新潟県中越沖地震
2008 平成20年	**橋田壽賀子ドラマ『渡る世間は鬼ばかり』（第9シリーズ）スタート 全49話（2008年4月～2009年3月）** 舞台『御いのち』 舞台『おしん』	日本人4氏がノーベル賞受賞
2009 平成21年	橋田壽賀子ドラマ『渡る世間は鬼ばかり』新春2時間スペシャル 橋田壽賀子ドラマスペシャル『結婚』（テレビ朝日） 舞台『おしん』 舞台『おんなの家』	総選挙で民主党圧勝、政権交代
2010 平成22年	**橋田壽賀子ドラマ『渡る世間は鬼ばかり』（第10シリーズ）スタート 全47話（2010年10月～2011年9月）** 舞台『初蕾』（原作・山本周五郎）	浅田真央選手、バンクーバー冬季五輪で銀メダル

西暦	元号	作品名ほか	世の中の動き
2012	平成24年	橋田壽賀子ドラマ『渡る世間は鬼ばかり』2012年2時間スペシャル　前篇・後篇 舞台『女たちの忠臣蔵』（劇化・田井洋子） 舞台『初蕾』（原作・山本周五郎）	東京スカイツリー竣工 山中伸弥さんノーベル生理学・医学賞受賞
2013	平成25年	橋田壽賀子ドラマ『渡る世間は鬼ばかり』2013年2時間スペシャル　前篇・後篇 舞台『かたき同志』 舞台『女たちの忠臣蔵』（劇化・田井洋子）	「アベノミクス」が始動
2014	平成26年	舞台『おんなの家』 **石井さん、「世界最高齢の現役テレビプロデューサー」としてギネス世界記録に認定**	日本人3人にノーベル物理学賞
2015	平成27年	橋田壽賀子ドラマ『渡る世間は鬼ばかり』2015年2時間スペシャル　前篇・後篇 舞台『春日局』 舞台『かたき同志』 **石井さん、「最多舞台演出本数」でギネス世界記録に認定**	安全保障関連法が成立 東芝、経営危機

2016	平成28年	橋田壽賀子ドラマ『渡る世間は鬼ばかり』2016年2時間スペシャル　前篇・後篇	明仁天皇陛下「生前退位」お気持ち表明
2017	平成29年	橋田壽賀子ドラマ『渡る世間は鬼ばかり』2017年3時間スペシャル 舞台『おんなの家』	
2018	平成30年	橋田壽賀子ドラマ『渡る世間は鬼ばかり』2018年3時間スペシャル	日本、平昌冬季五輪で過去最多のメダル獲得
2019	令和元年	橋田壽賀子ドラマ『渡る世間は鬼ばかり』2019年3時間スペシャル	五月一日、令和時代、始まる
2021	令和3年	橋田壽賀子さん、急性リンパ腫のため4月4日死去。享年95	東京2020五輪

あとがき

私が今日までテレビドラマのプロデューサーとして、舞台の演出家として、生き甲斐ともいうべき仕事をしてこられたのは、これまで出会った多くの作家、演出家、俳優のみなさん、スタッフ……数えきれない方々に支えられ、助けていただいたおかげです。

なかでも、橋田壽賀子さんとは切っても切れない縁で結ばれています。

「ホームドラマを作りたい」

「家族そして人間を描きたい」

三〇代半ばで出会った私たちの志《こころざし》は図らずも一致していました。けれども、相手が何を考えているかなんとなくわかるようになったのは、近年のことです。たくさん喧嘩して、ぶつかり合って……ようやくです。気がついたら、私たちのライフワークは六〇年、続いてきました。

誰でも最初は知らぬ者同士。伝えなければ、よりよい人間関係はできません。私たちは率直すぎたぐらいかもしれませんが、その分、わかり合うことができるようになりました。私と橋田さんが歩んできた道を通して、何か伝わればこれに勝る幸せはありません。

この本を出版するにあたっては、世界文化社の井澤豊一郎さんにお骨折りいただきました。心から厚くお礼申し上げます。

最後になりますが、長きにわたって私と一緒に走ってくれた橋田壽賀子さんにあらためてお伝えしたいと思います。

「今まで本当にありがとう。またね！」

二〇二一（令和三）年八月吉日

石井ふく子

石井《いしい》ふく子《こ》
プロデューサー・演出家

1926(大正15)年9月1日、東京下谷生まれ。新派の名優・伊志井寛と小唄の師匠だった母のもとに生まれる。日本電建時代に、当時のラジオ東京(現・TBSホールディングス)に番組提供していた『人情夜話』の担当となったことが、プロデューサー人生へのきっかけとなった。1958年に放送された東芝日曜劇場『橋づくし』(三島由紀夫原作)がプロデューサーとしての初仕事。橋田壽賀子さんと初めてコンビを組んだ作品は、1964年の『袋を渡せば』。続く『愛と死を見つめて』は東芝日曜劇場で初めての「前・後編」の仕立てで放送され、空前の大ヒットとなった。60年にも及ぶ長い二人三脚の中で、『心』『女たちの忠臣蔵 いのち燃ゆる時』『おんなの家』『源氏物語』など数々の名作ドラマを世に送り出してきた。『渡る世間は鬼ばかり』は、1990(平成2)年の放送開始から2019(令和元)年まで続く、未曽有の長寿番組となった。

デザイン　斉藤 啓(ブッダプロダクションズ)
校　正　株式会社円水社
編　集　井澤豊一郎
写真複写　八田政玄

写真提供　石井ふく子(本書中、すべて)

家族のようなあなたへ—
橋田壽賀子さんと歩んだ60年

発行日　2021年 9月1日　初版第1刷発行
　　　　2021年 10月25日　第2刷発行
著　者　石井ふく子
発行者　秋山和輝
発　行　株式会社世界文化社
　　　　〒102-8187
　　　　東京都千代田区九段北4-2-29
　　　　電話 03-3262-5117(編集部)
　　　　　　 03-3262-5115(販売部)
印刷・製本　中央精版印刷株式会社
DTP制作　株式会社明昌堂

ISBN978-4-418-21505-8